明日、世界《キミ》が消える前に

霜月りつ

ポプラ文庫ピュアフル

よみがえりのルール

ひとつ、幸せにする相手は指輪が光って教える。
ひとつ、幸せにする相手は物理的に近くにいる。
ひとつ、幸せにする方法は試練を受ける者が考える。
ひとつ、時間を跨ぐ対処法に関しては、一案件一回とする。

目次

笑顔の探し方

このコンビニは冷房が効きすぎている。

田原夏海《たはらなつみ》は半袖のシャツからむきだしの両腕を自分の手で押さえた。アイスキャンデー並みに冷えている。

こんなに冷やすのは客に長時間いてほしくないからだろう。店員はユニフォームの上にカーディガンを羽織っているではないか。

夏海は棚の陰からレジの中の店員を睨んだが、こちらには気づいてもいないようだった。今日は金曜、午後九時過ぎのコンビニ。ちらほらと客はいる。ガラス越しに外を見ると、目の前に残業あがりのOLが映っていた。肩までの栗色の髪はもうカールもほどけ、直したはずの化粧もはげ落ちている。どこか怒ったような顔をしているのは、きりっとあがった男らしい眉のせい。

夏海は人指し指で眉間に触れ押しあげた。そんな真似をしても眉がさがるわけではない。あげたりさげたり、おかしな顔の自分としばらく見つめ合うと、指を離して両手でぱん、と頰を叩いた。

生菓子のコーナーに向かう途中で、小さな女の子が手を伸ばして棚のチョコレートを取ろうとしているのに行き合った。背後を通り過ぎながら、ひょいと菓子を取って渡す。女の子は一瞬ぽかんとしたが、すぐにぺこりと頭をさげ、母親らしき女性の方へ走っていった。

目的の棚を覗き込むと、三角のオリジナルショートケーキがひとつだけあった。

「…………」

手に取って眺める。イチゴが入ったピンク色のスポンジに生クリームがサンドされている。上に載っているチョコとイチゴには粉砂糖がまぶされていてかわいらしい。

これでいいか……。

毎年、誕生日の夜には祐介《ゆうすけ》と二人でケーキを食べた。近所のケーキ屋で買うときもあれば、銀座で有名な店に並んだときもある。

二十歳のときから五回一緒に食べて、六回目も同じような夜を迎えられると思ったのに。


「――すまない」

祐介は頭を下げた。二人で何度も待ち合わせした喫茶店を選ばず、初めての店を選んでくれたのは、これからもこの町で暮らさなければならない夏海のことを、少しは考えてくれたのかもしれない。

「君を嫌いになったんじゃないんだ」

より好きな人ができた、と、ものすごくわかりにくい言い方で祐介は言った。

君のことは大事だ、今でも好きだ。でもその好きは友達に対する感情と同じで、これから先の未来を考えると君と一緒にいるイメージを思い描くことができない――。

他にもなにかいろいろ言っていたようだったが、夏海は相手の頭のてっぺんに気を取られていて覚えていなかった。

祐介のつむじがすごく広くなっていたのだ。彼を——恋人を——その頭がこんなになるまで悩ませてしまった事実に気づかなかった。

「君はしっかりしてるし、これからも自分の人生をちゃんと歩いていける人だ」

祐介の新しい彼女は彼の庇護欲をそそったのだろうか。

「僕なんかよりもっと君を幸せにしてくれる人が現れる」

おまえは予言者か、占い師か。

「君にも自分にも嘘はつきたくない、だから僕は——」

罪悪感を抱えることがしんどくなっただけだろ。嘘をつかないかっこいい僕に酔うなよ、ハゲ。

小説やドラマに出てくるような台詞を並べ立てる彼に、だんだんと腹が立ってきた。

夏海はテーブルの上のシュガーポットから砂糖をティースプーンですくった。それをサラサラと目の前の広いつむじにかけてやる。

「えっ、あっ、なに……!?」

祐介が顔をあげ、頭から落ちてくる白い粉にうろたえている。

「糖分が必要かな、と思ったの」

夏海はにっこり笑うと財布から千円札を出してテーブルに置いた。

「あ、いや、ここは僕が」

「さよなら」

手をつけなかったコーヒーと元カレを残して、夏海は席を立った。


それが一ヶ月前。

せめて誕生日のあとにしてくれたらよかったのに。

夏海という名前の通り、誕生日は七月。真夏に凍死しそうになりながら、自宅近くのコンビニでケーキを物色している。

あたしだって普段なら誕生日のケーキはちゃんとしたケーキ屋で買うわよ、でも、残業が終わったらケーキ屋が閉まる時間になっちゃったし。

無理してケーキを食べなくてもいいのかもしれないが、今までの習慣を変えるのもなにかに負けた気がする。

いや、なにと戦っているんだ、あたし。だけどあたしはケーキを食べる。一人で食べる。二十五歳の誕生日を一人でケーキを食べて祝う。あいつと別れたあたしを褒めてやりながら。

「――ケーキに虫でも入ってるん?」

「イヒッ!?」

いきなり背後から声をかけられ、変な声が出てしまった。振り向くとタンクトップにパーカーの男がごく近い距離に立っている。

「な、なに」

「いや、えらい怖い顔してケーキ見とるからさ、虫でも入ってたんかなーと思うて」

「ち、ちがいます」

夏海の返事に男がにっと笑みを作る。白くきれいな歯並び。眉は夏海とは逆にさがっていて優しげだ。日に灼けた頬には薄くそばかすが浮いている。

パーツで見ると魅力はないが、組み合わさると愛嬌のあるイケメンに見えるのが不思議だ。

「そっか、よかったな。でもこんな夜中にケーキなんか食べたら太るで」

「誕生日なんだからケーキくらい食べたっていいでしょ！」

「へえ」

相手の顔が輝く。しまった、と思う。なに個人情報を洩らしているんだか。

「おねーさん、今日誕生日なの。いくつになったん」

人懐こくかけてくる声を無視して、夏海はケーキを棚に戻し、足早にその場を去った。

「あ、ちょお、待って！」

自動ドアが開いて生ぬるい空気が顔を包む。一瞬息ができなくなる。夏の夜の空気はこんなに分厚かっただろうか。

「なあ、待って。かんにん！　邪魔するつもりはなかったんや！」

関西弁が追いかけてくる。

「なあなあ。おねーさんの誕生日お祝いさせて。そんで俺とちょこっとお話ししよーよ」

夏海は無言で歩く。

「おねーさん、かっこええなあ。しゅっとしてて美人さんで。俺な、北斗《ほくと》、ゆうねん。こないだ東京出てきたんや。大阪の会社入ったはずやったのに、いきなり東京の支社に出向やて。だから友達おらんでなあ。もちろん彼女もおらんで募集中やん。だからさ」

情けない。誕生日前に男に振られて一人でバースデーケーキを買おうとしたら、コンビニで田舎者にナンパされるなんて。

あたし、そんなにイケてない？　なんか負のオーラ出てる？

「なあ、ちょっとおねーさん……」

夏海は北斗の追跡をかわすため、青信号が点滅を始めた横断歩道に飛びだした。ここを突っ切ってしまえばさすがにもう追いかけては――。

「あぶないっ！」

誰かの悲鳴が聞こえた。同時に目の前が真っ白になる。車のライトだ、と思ったのが、夏海の最期の意識だった。


もや、だ。

右も左も上も下も、白いもやで覆われている。

自分の手やからだがわずかに見える程度で、顔をあげても見通すことができない。

あたし……どうしたんだっけ？

夏海は頭を押さえた。コンビニでケーキを買おうとした。そうしたら変な関西弁の男に絡まれた。だから急いで帰ろうとして点滅している横断歩道を無理やり渡って――。

「あ、」

目の前に迫る車のライトを思い出した。その途端、足がガクガクして立っていられなくなり、夏海はしゃがみ込む。

「あ、あぶなかったあ！　死んだかと思った！」

「いや、実際死んだんだよ」

不意に背後から軽い調子で話しかけられ、夏海はしゃがんだ状態から飛びあがった。

「誰っ！」

振り向くとそこに二人の男性が立っていた。揃ってグレーのスーツ姿で、一人は三十代後半に見え、もう一人はおそらく夏海より若い。

「こんにちは、田原夏海さん。……死整庁《しせいちょう》へようこそ」

二人のうち、年上で水色のネクタイをつけた男が頭をさげる。

「し、せい……？　え？　市役所かなんか？」

「市役所じゃなくて死整庁だ。死を整える、と書く」

彼がもやを、まるでカーテンを開けるように両手で払うと、そこに白い丸テーブルと薔薇や蝶を彫り込んだアンティーク調の背もたれのある椅子が現れた。テーブルの上にはティーポットとカップ、色とりどりの角砂糖の入ったガラスのシュガーポットも置いてある。

「死整庁……？　えっ、なにそれ。どこここ」

「まあ、座れ」

椅子を指し示す男に、夏海は首を横に振った。

「ちゃんと説明して！」

水色のネクタイの男は軽くため息をついた。

「落ち着いて聞けよ。さっきも言った通り、あんたは一度死んでるんだ。死因は交通事故。信号無視で飛びだし……。いや、これ、轢《ひ》いた方にもかなり迷惑な死に方だよな」

「なっ」

「ちょっと、先輩！　死んでるってだけで本人は相当ショックなんですよ、そんな人になにを言ってるんですか」

今まで黙っていたもう一人の若い方が、あわてた様子で腕を引っ張る。彼はピンクのネクタイをつけていた。

「うるせえな、新人。俺には俺のやり方があるんだよ」

先輩と呼ばれた方が言い返す。

「それはそうですけど、亡くなっていらっしゃる方を前に、言い方ってものがあるでしょ！　って話ですよ」

水色とピンクが顔を突き合わせて睨み合っているところに、夏海は手をあげた。

「ちょっと……待って。あたし、死んでるってどういうこと？　あたし、生きてここにいるじゃないの」

夏海の言葉に水色のネクタイの方が視線をよこす。

「ああ、それが間違い。あんたは正真正銘死んでるんだ。これ以上ないくらいしっかりきっぱりと」

「だって！」

「じゃあこれを見てみろよ」

水色のネクタイの男はくるりと手を振って、自分のそばのもやを払った。するとそこに、今度は黒く四角い空間ができる。男が空間の前にしゃがんで手を動かすと、やがてテレビのように映像が映しだされた。

「あ、……」

それは上空から見た先ほどの自分だ。早足で横断歩道を渡ろうとしている。信号は赤に変わった。そして横断歩道のまん中辺りで、右側からやってきたトラックにぶつかり、二メートルばかりはね飛ばされている。

「え――っ！」

夏海は両手で頭を押さえた。

「なにこれなにこれなにこれ！」

「な、死んでるだろ」

アスファルトに仰向けに横たわった夏海はまるで出来の悪い人形のようだった。手足があちこち勝手な方を向き、顔はびっくりしたように目をむいている。

「ちょっ！　やだ、スカート！　スカートめくれてるわよ！」

夏海は映像に飛びついてその上に両手を置こうとしたが、手は画面をすり抜け、自分の手の甲に映像が浮かびあがる。

「やだ、なによこれ、嘘でしょ！　あ、あたしがこんなことで死ぬはずないじゃない、しかもこんな恥ずかしい恰好で！」

「でも、お亡くなりになったのは本当です」

落ち着いた声で言ったのは新人と呼ばれたピンクのネクタイの方。夏海は振り向こうとする自分の首が錆《さ》びついているような気がした。

「あたし、ほんとに……？」

「はい、残念ながら」

ピンクのネクタイの青年は申し訳なさそうな顔で言った。

膝から力が抜け、夏海はへなへなともやの中にへたりこむ。

「落ち着いたところで話を聞いてもらおうか」

水色のネクタイの方が、丸テーブルの表面を叩いた。

「座って。あんたのこれからを話し合わなきゃなんないから」

夏海は立ちあがる気力も湧かず、もやの中にしゃがみこんでいた。水色とピンクは顔を見合わせると、二人でそばにやってきて、両側からからだを抱きかかえた。

「ほら、大丈夫か。最初の威勢はどうしたんだよ」

「ショックですよね、わかります。でもあなたにはチャンスがあるんですよ」

夏海は椅子に座らされるとぐったりとうなだれた。

「なんでなの。なんでこんなことばっか続くの。振られて変な男に絡まれたかと思ったら死んでるなんて。なんでこんな情けないことになってんの」

「ほら、ぐずぐず言ってんな」

二人の男はテーブルをはさんで夏海の前に腰をおろした。

「改めてご挨拶しますね。私は死整庁のイルマです」

ピンクのネクタイの青年が穏やかな笑みを浮かべて言った。まだ学生のように若い彼は、地味なスーツが似合っていないし、ネクタイも窮屈そうに見えた。

「俺はアガタだ」

水色のネクタイの方はぶっきらぼうに名乗る。短く刈った髪にじっと見つめてくる強い視線。とっつきにくそうな強面だ。

「……ここはあの世ってわけ？　あなたたちは天使なの？」

夏海はぼんやりと周囲を見回した。もやの中には柱の一本もない。完全なオープンスペース。

もやの向こうには青空が透けて見え、空間全体は明るい光で満ちていた。テーブルに手を伸ばすとちゃんと影もできる。

「──あたし、生きてるように思うけど」

「厳密に言えばあの世の一歩手前ってとこかな。ほんとにあの世に行くかどうかはこの先で決まる。ちなみに俺たちは天使じゃないが人間でもない」

「………」

顔をあげた夏海の前に、イルマはポットから注いだ紅茶の入ったティーカップを置いた。花のような香りがふわりと立ちのぼった。

「どうぞ、気持ちが落ち着きますよ」

夏海はイルマの顔を見た。イルマはにっこりしてうなずく。

柔らかそうな前髪の下から白く優しげな顔が覗いていた。髪も目の色も薄く、スーツよりはフリルのブラウスの方が似合いそうなきれいな顔をしている。彼ならあの世の天使だと言われても納得できるが……。

「ありがとう……」

夏海は小さな声でお礼を言って、カップを手にした。ほっそりとした金色の取っ手のついた白いカップだ。紅茶に口をつけると、華やかな香りに包まれ、桃やイチゴのようなほのかな甘みを感じた。

「あなたたちはその……死整庁の職員……なの？」

「職員という言い方はロマンがないな。担い手とでも呼んでくれ」

「担い手、さん」

「ここはたしかに死者のやってくる場所だが、俺たちはその中でもよみがえりを専門に扱っている部署にいるんだ」

もう一人のアガタの方は、口調がぶっきらぼうなだけでなく、目つきも悪く、どこかおっかない印象があった。地獄の番人と言われたほうが納得できる。

「よみがえり……」

「人間が増えれば死者も増える。このところとくに死ぬやつが多くて、こっちも手いっぱいなんだよ。なので、一度死んだけど、生き返っても状況的に問題のない人間、つじつまを合わせれば大丈夫な人間は、できるだけよみがえらせる方針になっているんだ。担い手はその手助けをする」

「じゃあ、あた、し……？」

「そうなんです、田原夏海さん。あなたはその対象者リストに入っているんですよ」

イルマが励ますような口調で言って、夏海を覗き込んだ。

「あ、あたし、生き返ることができるの！　ほんとに!?」

「そうだ」

「そうなんです」

アガタとイルマの声が重なった。

「あ――っ」

どさり、と夏海は椅子の背もたれに背中を打ちつけた。

「そんなん、早く言ってよおおおっ！」

「いや、でも一度死んだという事実をしっかり認識してもらわないといけなかったので」

「あー、でも、よかったー。そうよね、やっぱりね。こんなはずないと思ったのよ。じゃ、なにこれ、臨死体験ってやつなの？　お花畑も川も見えないけど。もやだけってそっけなさすぎじゃない？」

甲高い声で叫ぶ夏海にアガタはうなずいた。

「まあその点は同感だな。花畑のひとつもあれば、少しは納得してもらえそうだよな」

「それにこのテーブルと椅子だけってどういうわけ。エコなの？　予算ないの？　やっつけにしてもひどすぎない？」

絶望から一気に引きあげられたせいか、テンション高くはしゃぐ夏海に、イルマが「んんっ」と咳払いをしてみせた。

「あ、ごめんなさい。それでどうやって生き返るの？　あたし」

「問題はそこだ」

アガタが片ひじをテーブルについてぐいっと身を乗りだした。

「いくら処理が大変だからと言って、やたらとよみがえらせてちゃ『死』の概念が崩れてしまう。そもそも『死』は厳粛で絶対的なものだ、それはわかるな？」

「え、ええ。はい、わかります」

相手の真面目な視線に、さすがの夏海も姿勢を正した。

「なので、生き返るためには試練が必要となる」

「試練？」

自分がひどくうろたえた顔をしたのだろう、アガタはふっと笑みを浮かべた。

あら、この人、笑うとけっこう優しい顔になるのね……。

生きるか死ぬかの瀬戸際だったが、場違いにもそんなことを思う。

「まあ、そんなに身構えなくてもいいさ。こっちとしてはよみがえりを推奨したいからな、試練も果たしやすく設定してあるはずだ」

「どんな……試練、なの？」

尋ねる夏海にアガタはイルマの方を見た。

「説明してさしあげろ、新人」

「あ、はい」

イルマはテーブルの下からバインダーを取り出すと、それにはさんであった書類をめくる。

「田原夏海さん。あなたは地上に戻ったら、ある相手を幸せにしなければなりません」

「はあ？」

「その相手はあなたの近くにいます。どんな方法でも手段でもかまいません。その人を、幸せにしてください」

夏海はぽかんと開けていた口を閉じた。言われた言葉を脳内で反芻する。

幸せ？　他人を幸せにする？

「——ちょ、ちょっと待ってよ！　試練って、マラソンで四十二キロ走るとか、富士山に登るとか、そういうんじゃないの!?」

「なんだそれは。どこの自衛隊だよ」

アガタが呆れた顔で言った。

「だって人を幸せにするなんて……。そんな曖昧な」

「ああ、それから」

アガタはちらっとテーブルの上に目をやった。そこには小さな砂時計が置いてある。

「おまえの試練のための時間は三時間だからな」

「ええっ!?」

そんな難しい試練にタイムリミットがあるなんて！

「なんで？　なんで三時間なの!?」

「その砂時計」

アガタはテーブルの上の砂時計をあごで示した。

「お茶の時間を計るためのものじゃねえ。それはおまえの命の時間だ。よく見ろ」

その言葉に夏海は震える手を伸ばした。手のひらに入ってしまうくらい小さなガラスの砂時計。中の砂は金色に光っている。

「砂が……落ちてない」

「そうだ、過去から未来へ、規則正しく流れる時間。だが今のおまえの時間は止まっている。その砂を止めておける時間がおまえの場合、三時間。それを過ぎると上の砂が消えてしまい、おまえの時間は終わる」

「そ、そんな……」

夏海は思わず砂時計を揺すった。だが、砂は一粒たりとも落ちてこない。

「そんな短い時間にできるわけないじゃない！」

「やってみなけりゃわかんないだろ」

投げやりな口調にかっとなった。

「できっこないわよ！」

「なんでだよ」

「だってあたし人の幸せなんて……」

考えたこともない。いつも自分が幸せになりたいと思うばかりで。

「だから男に振られるんだよ」

つまらなそうに言ったアガタの言葉に、羞恥と怒りが入り混じり、夏海は椅子をひっくり返して立ちあがっていた。

「なによ、それ！　それっ、それは、今、関係ないでしょう！」

「二十五年も生きてきて、誰かを幸せにしたこともないんだろう」

「先輩！　言い方！」

イルマがアガタのスーツの袖を引っ張る。アガタはうるさそうに腕を振って、

「なんだよ、言い方なんてどう言ったって同じだろ」

「違いますよ！　言い方ひとつで納得したりできなかったりするんです！」

不満そうなアガタに、イルマは生真面目な顔で反論した。

そんな二人の中に夏海が割って入る。

「その通りよ、納得なんかしないわ！　幸せなんて人それぞれじゃないの！　そんな漠然としたもの試練じゃないわよ！」

アガタは夏海に視線を向けると面倒くさそうに、

「言い訳すんな。だったらこのまま死んでしまうか？」

「いやよ、死ぬわけないでしょ！　死にたくない！　死んでたまるもんですか！」

「だったら試練を受けるんだな」

「〜〜〜……っ！」

夏海はどんっとテーブルに両の拳を叩きつけた。

「わかったわよ！　やるわよ、幸せのひとつやふたつ、食らわせてやるわよ！」

「はい、受理されました」

イルマがぽん、と書類に判を押す。

「――え？　え？」

さっと頭が冷える。うろたえて二人を交互に見る夏海の手を、アガタが握った。

「なっ、なにすんのよ！」

あわてて腕を引くと、あっさりとアガタが手を離す。

「その指輪が、」

言われて自分の手を見ると、左手の薬指に指輪がはまっていた。飾りのないシンプルな銀色の指輪だ。

「あんたが幸せにしなきゃならん相手を教える」

夏海は思わず指輪を押さえた。

「お、教えるって、どうやって⁉」

「光るんですよ」

イルマが嬉しそうに言った。

「幸せにする相手が現れると光ります。なかなか粋でしょ？」

少女漫画かよ！

つっこみたいのをぐっと堪えて夏海は指輪を見た。

「とりあえず、今から地上に降りてもらう。あんたが目を覚ますのは事故に遭うちょっと前の世界だ。だがそいつはあくまで仮の世界だからな」

　アガタは夏海に指を突きつけた。

「その世界であんたが相手を幸せにできるように、俺たちもサポートするから」

「サポートって、なにをしてくれるのよ」

「それは」

　アガタはにやりと笑った。

「企業秘密だ」

　目の前が――真っ白になった。


「おい、大丈夫か、おい！」

　白い色が徐々に薄れ、なにかが見えてきた。大きな目と口と……。

　あ、顔だ。

　焦点を合わせてようやくわかった。情けなくさがった眉に、頬に薄いそばかす、口の大きな――コンビニで会った青年だ。たしか北斗、と名乗った。

「おい、しっかりせえよ」

「え、えっと、あたし……」

　夏海は目をパチパチ瞬かせた。

「おねーさん、急に座り込んじゃったからびっくりしたわ」

周りを見回すと、自分がしゃがみ込んでいるのはコンクリートの歩道で、目の前には横断歩道の白と黒。その上をびゅんびゅん車が通っている。

「あ、あたし……」

夏海は頭に手をやろうとして、その左手の指にある銀色の光に気づいた。

「えっ、これ――」

これはあのとき、もやの中で変な男にはめられた指輪。とっさにそれを抜こうとしたが、指輪はまったく動かない。

じゃあこの状況は？　あれは夢じゃなくて現実なのだ。あたしは誰かを幸せにしないと死――。

夏海はぶるぶると頭を振った。

「だ、大丈夫か？」

もう一度呼びかけられ、夏海は改めて目の前の青年を、そして周りを見た。

「……大丈夫よ。ちょっと立ち眩みがしただけ」

「そうなんか……立てる？」

北斗が腕を引っ張って立たせてくれた。

「ありがとう」

「いやー全然？　俺が追いかけたせいかと思ったからさ」

彼がそう言ったとき、摑まれている手の指輪が白く輝いた。

「えっ!?」

光っている、はっきりと。あんまりまぶしくて指が見えないくらいだ。

「嘘っ」

「え、な、なに?」

夏海の大声に彼があわてて手を離す。指輪の光がその瞬間、消えた。

「見た? 今の」

「は?」

夏海はその間抜け面に食ってかかるように言った。

「指輪よ! 指輪が光ったでしょ!」

「指輪?」

「これよ、この指輪! 光ったでしょ!」

自分の薬指を指し示す夏海に、北斗は顔をしかめる。

「指輪ってどこに? なんや、今そんなのが流行ってんの? 自分だけに見える指輪〜ってか?」

見えない?

夏海は自分の左手の指を開き、見おろした。ちゃんと銀色の指輪がはまっている。彼にはこれが見えないのだろうか。

死整庁のアイテムだから？　しかしこれが光ったってことは――、彼か。目の前のこの関西弁をあたしは幸せにしなきゃならないのか。

それが試練なら、受けて立つしかない。

夏海はきっと顔をあげ、北斗を睨んだ。その視線に彼は笑みを張りつけたまま一歩後退する。

「な、なんや？」

「ねえ、今何時？」

夏海に聞かれて北斗はあわててパーカーのポケットからスマホを取り出した。

「えっと、――今は二十一時二十三分だな」

「二十一時……」

死整庁の担い手は〝三時間〟と言った。つまり、今日中――厳密に言えば二十四時二十三分だが――にこの男を幸せにしなければならないのだ。

夏海は、はあっと息を吐いた。覚悟を決めろ、田原夏海。あたしはあたしの生を取り戻すんだ。

夏海は北斗と視線を合わせると、自分史上最大の愛想笑いを浮かべた。

「ねえ、これからあたしの誕生日につきあってくれない？」

いったいなんだってあたしがこの変な男を幸せにしなきゃなんないのかしら。

覚悟を決めたわりには心の中で同じ愚痴を何回も繰り返している。

だいたいあたしが事故に遭う羽目になったのだって、こいつのせいなんだし。でもあと三時間、ううん、もう二時間切っちゃったわ、その間にこいつに言わせないと。幸せだという一言を。

北斗は夏海の頼みに「つきあうつきあう」と嬉しそうに答えた。とりあえず自己紹介を、と言いだしたので、時間もないし、夏海は彼をコンビニからほど近い場所にあるファーストフード店へ誘った。

「改めて、俺、北斗。北斗卓司《たくじ》っての。ホクトでもたっくんでもええよ」

「あたしは……夏海」

「ナツミ、なに？」

「夏海が名前よ。名字はいいでしょ」

とりあえずコーヒーを買って向かい合ってテーブルに座った夏海は苛々しながら言った。

こんな他愛もない話をずっと続けるつもりなのだろうか。

「ナツミかあ。どんな字書くの？」

「夏の海よ」

「ふうん、今の季節生まれらしい名前やな」

……こいつをどうやって幸せにすればいいのだろう。こんな、なにも考えていなそうなのんきな顔をした男に。こんな人にあたしの運命を決められるなんて。

夏海は壁の時計を見た。長針がカチリとまたひとつ進む。

「夏海ちゃん？」

「え？　ああ、ごめん、ぼうっとしてた」

北斗卓司は大阪の会社から東京に研修に来ていること、夏海よりふたつ年下だとか、東京のうどんの汁の色が真っ黒で怖いわーなどと話していたが、夏海は右から左へと聞き流していた。

どうすればいいのかしら。

夏海は目の前でよく動く北斗の口を見ながら考えた。

この男はつきあうと即答してくれたし、おそらくあたしに好意を持っている。だからカレシカノジョになるようなシチュエーションを組んでやればきっと幸せを感じるに違いない。

それにはどうすればいいのだろうか？　恋人気分を手っ取り早く感じるには、手をつなぐとか抱き合うとかキスするとか……？　とにかく接触だろう。しかも密接な。抵抗はあるが、命にはかえられないと腹をくくる。

なんにせよ、こんなところでだらだらしゃべっているだけじゃ、どうしようもない。

夏海はテーブルに両手をついて立ちあがった。

「ねえ、北斗くん。外、行こう」

「ええ？　外？　暑いやん」

「あたしの誕生日につきあってくれるって言ったじゃない」

夏海はトレイに自分の紙コップと、半分ほど残っていた北斗のコップを載せ、店の出口に向かった。

「ほら、早く。今日はもうあと一時間半しかないんだから」

とりあえず駅に向かって歩きながら夏海は周囲に注意を向けていた。なにかきっかけがないだろうか？　自然に触れ合えるような、彼がどきっとするような。

わざとコケてみるか、よろけてみるか。

そのとき、急に強い熱風が横から吹きつけた。夏海の前を歩いていた女性がその風に乗ってきたビニール袋をよけようと、「きゃあ」と叫ぶ。そのままよろけて、夏海にぶつかってきた。

「うわっ！」

避けることもできず、二人でもつれあって倒れる。

「夏海ちゃん！」

尻餅をついた夏海とその上に重なるようにして倒れている女性を、卓司が急いで助け起こす。

「大丈夫か？　二人とも」

「あ、はい、すいませんっ！」

「いえ、あたしも……」

女性はそそくさと起きあがり、何度も頭をさげて走り去った。

「夏海ちゃん？」

夏海は起きあがらず、アスファルトについた自分の手をじっと見ていた。いや、正確にはその手の下のチラシだ。

「どないしたん」

「……これよ」

夏海はチラシを拾いあげた。

「北斗くん、ここへ行こう！」

「え……、ど、どこ……？」

「いいからついてきて！」

夏海が北斗を引っ張っていったのは、ＪＲの駅前広場だった。広場はいつもより人出が多く、賑やかに華やいでいる。

「わー、なんかすげーなー」

ロータリーに明るく照らしだされた、スケートリンクができていた。

期間限定の七夕イベント、と立て看板が立っている。駅前商店街の夏祭りイベントの一環らしい。

氷でできているのではなく、ワックスを塗られたリンクで、エコリンク、マジックリンクと言われるものらしい。スケート靴を履いて滑ることができる。

白や青のLEDライトがそこかしこに這わされ、明るく輝いていた。少しでも涼しい気分を演出するためか、降雪機械も用意され細かな氷の粒を夜空に撒いている。

大勢の人間が真夏の夜のスケートを楽しんでいる。友人同士やカップル、金曜の夜ということもあって若い人が多い。

夏海が拾ったチラシは、このスケートリンクのお知らせだった。

「北斗くん、ここで遊ぼうよ！」

手を引くと、北斗は尻込みする様子を見せた。

「いや、あのなあ……俺、スケートとかやったことないんや」

「教えてあげるよ」

手を取ると、北斗が目を丸くした。


「うわうわうわ、夏海ちゃん、手ぇ離さんといてえ」

「そのまま足を交互に出せばいいのよ、棒立ちじゃ進まないでしょう」

夏海はリンクの上で北斗と両手をつないで立っていた。

そうよ、スケートなら手をつないでも抱きついても不自然じゃないわ。二人で一緒に汗を流せば、親密度もあがる。幸せに一歩近づけるじゃない！

夏海は駅舎の壁にある時計を見た。もうあまり時間がない。ここで北斗に幸せになってもらわなければあとがない。自分の命はおしまいだ。

夏海はむりやり唇の端をあげ、笑みらしきものを浮かべた。

「ほら、がんばって。楽しいでしょ」

「た、楽しいかなあ……」

北斗は顔中に汗をかいている。

「動いてみなさいよ」

「あ、足の出し方忘れてしもうた」

「なにばかなこと言ってんの」

「だって足が動かへんよ?」

「ちゃんとあたしが手を持ってるでしょ」

へっぴり腰の北斗の両手をしっかり握り、ときには腰に腕さえ回してやっているというのに。北斗はリンクの上で体勢を保つのに必死で滑るどころではない。その顔はちっとも幸せではなさそうだ。

「いっそ、一回転んでみたら?　たいして痛くないから」

夏海は苛ついた口調で言った。

「そんなんみっともないやん。見て見て、俺の足が生まれたての子鹿のようや」

「もうそれだけで十分みっともないでしょうが」

夏海はうんざりして北斗から手を離すと、自分だけで滑る人たちの輪の中に入った。

「どうすればいいのよ、人を幸せにするなんて」

スケートリンクのチラシを見たときはいいアイデアだと思ったのに。

そもそも幸せってなんだろう。夏海は考えてみる。自分が幸せを感じたときのことを。

「おいしいものをお腹いっぱい食べたときとか、お風呂に入ったときとか……」

どれも単純なことだ。けれどそれゆえ曖昧で個人的な。

「ああ……」

夏海はスケートリンクの外に立っている時計台を見つめ思わず声をもらした。針は無慈悲に十二時を目指して進んでいく。

夏海のすぐ横を男女のペアが滑っていった。女は男に笑いかけ、男はうなずいて女の髪を撫でる。別のカップルも手をつないで滑ってゆく。友人同士なのか、女性が三人ほど固まって笑っている。

周りを大勢の男女が軽やかに楽しげに滑っていく。

彼らは皆、笑い合って幸せそうだ。

そう、あなたたちはいいわよね、まだ生きているんだから。これからも生きられるんだから。

突然、夏海の全身をぞっと悪寒が走った。この大勢の人の中でただ一人、あたしだけが自分の死を知っている。もし〝試練〟に失敗したらあと二時間もしないうちにあたしはこの世からいなくなる。それでも彼らはなんの変わりもなく、ここでぐるぐると滑って笑って……。

「夏海ちゃん、あぶない！」

不意にどんっと背中を押され、夏海はつんのめった。顔がリンクに激突する寸前、温かなものでからだを覆われた。

気がついたら北斗のからだを下敷きに、リンクの上で仰向けになっていた。

「……え？」

「だ、大丈夫か？」

北斗が夏海のからだをしっかり抱えながら聞いた。滑っていた人が何人か近寄ってきて手を差し伸べてくれる。夏海はその手に掴まって立ちあがった。

「すみません、大丈夫ですか？」

夏海にぶつかったらしい女性が青い顔をして覗き込む。

「ほんとにすみません、どこか打ってませんか？　大丈夫ですか」

「あ、だいじょぶだいじょぶ、俺がしっかり受け止めたから」

北斗はその女性に笑顔を向けた。女性は何度も頭をさげながら離れてゆく。北斗は夏海の肩を叩いた。

「どうしたん？　リンクの真ん中でぼうっと突っ立ってたらあぶないで」

北斗はなんとか立つことだけはできるようになったらしい。夏海に笑顔を見せた。

「…………」

不意に目の奥が熱くなり、ぼろぼろと涙がこぼれた。

「え、え？　どうしたん、夏海ちゃん。やっぱどっか痛いん？」

途端に北斗があわてだす。

「あ、あたしっ」

夏海は北斗にしがみついた。わあっと大声で泣きだす。

「あたし、あたし、死んじゃう！　死んじゃうのよおおおおっ」

北斗は泣きじゃくる夏海をスケートリンクの周りにしつらえられたベンチに誘い、座らせた。頭上には青いイルミネーションで飾られた木の枝が広がっている。

訳も話さずただ泣く夏海の背を、北斗は黙って撫でていた。

大きな手が背中を上下するのを感じる。彼がなにも聞かないのがありがたかった。ただ、静かな温かさだけを与えてくれる……。

やがて夏海の激しい嗚咽も少しずつ収まってきた。泣くのにも体力やエネルギーがいるのだ。泣いて泣いて、胸が空っぽになった夏海は大きく息を吸って数回深呼吸をした。

「落ち着いたか？」

北斗が静かに聞いた。夏海は小さく顎を引く。

「ああ、涙と鼻水で顔ぐちゃぐちゃやな」

北斗は自分のポケットをぱたぱたと探し、やがて町で配られているようなティッシュの袋を引っ張りだした。

「これ、使って」

「………」

動こうとしない夏海の顔に北斗は無理やりティッシュを押しつけ、ぬぐった。

「……痛い」

夏海がつぶやくように言うと、北斗はほっとした顔になった。

「痛いんならまだ生きとるな」

生きてる。あたしはまだ。

怖いのも悲しいのも痛いのも生きているから。でもこの生もあと――。

夏海ははっと北斗を見あげた。

「い、今何時!?」

「え？　ああ、十一時過ぎやな」

北斗はスケートリンクから見える駅舎の時計を見て言った。夏海もそれを見た。丸い文字盤に二本の針がチョキの形を作っている。

あの針がはさみのように重なったらあたしの生もぷっつりと……。

「夏海ちゃん？」

石のように固まって動けないでいる夏海を北斗が覗き込んでくる。

もうだめだ。夏海の肩からふっと力が抜けた。心のどこかが麻痺したみたいに動かない。もしかしたらあたしはもう死んでいるのかもしれない。これは死ぬ前に見ている夢に違いない。

「夏海ちゃん、どないしたん」

北斗の声が遠い。

「なあ、もしかして……なんか悩みとかあるん？　死ぬっていったいなんのことや。夏海ちゃん、もしかして病気なん？」

夏海はぼんやりと北斗の顔を見た。

「……病気じゃないよ……」

病気なら治る。でも自分は――。

「あたしは幽霊なのよ」

「はあ？」

言葉が口から出ていた。

こんな嘘みたいな話、どうせ誰も信じない。誰もあたしを助けられない。

夏海はうつむいた。話してしまおうか。『あんたが幸せになれなきゃあたしは死ぬ』って。いや、でも。

葛藤したあげく、夏海はやけになった声で言った。

「あのね」

「うん」

「信じられないだろうけど、あたしはさっき横断歩道でトラックに轢かれて死んでるの」

「へ？」

北斗が目を丸くする。夏海はその視線を避けて、スケートリンクの方へ顔を向けた。

「信じなくてもいいよ。とにかくそうらしいの。あの世へも行ったわ。だけどあの世の人が言うには条件があって、三時間以内にそれを達成すれば死ななくていいらしいの」

「へ、え……」

だめだ、やっぱり信じていない。が、この反応は当たり前だ。

夏海は薄笑いを浮かべた。その顔を見て、北斗も強張った笑みを返す。

「──あたし、こないだ彼氏に振られてね」

「え？」

北斗の顔から笑みが抜け落ちた。

「五年つきあってたのに、あたしより好きな子ができたんだって。あたしと違う、かわいくて守りがいのある子。当たり前よね、あたしなんて短気でガサツだもの。誰だってかわいげのある子の方がいいに決まってる」

「夏海ちゃん」

「だけどさ、死ぬってないよね。振られたうえに死ぬって、あんまりあたしがかわいそうじゃない？　あたしは絶対に死なない！　死なずにちゃんと生きて、十年後にあいつの目の前で幸せいっぱいに笑ってやるのよ」

元カレの代わりに北斗を睨みつけると、そこには今まで見たへらへらとした笑顔ではなく、面白いものを見つけた子供のような笑みがあった。

「夏海ちゃん、かっこええなあ。俺、やっぱ夏海ちゃん好きやわ。夏海ちゃんを振ったボンクラ野郎は十年後、後悔するやろな、横に俺がおるんやから」

北斗の言葉に夏海は少し驚き、思いがけず嬉しくもなった。

「な、なに言ってんのよ」

だから北斗から目を逸らして、スケートリンクを凝視した。

「――なあ、その条件ってなんや？」

スケートリンクを見ていた夏海は驚いて北斗を見つめる。

「なに？　信じるの？　こんなバカな話」

「女の子が死にそうって泣いてるのに、ほっとく男はおらんやろ」

北斗は笑った。ばかにしているわけでも持て余しているような笑みでもない。穏やかで、やはり楽しげな笑みだ。

「その条件てなんや？　俺にできることか？　なんか手伝えるか？」

「……なんで？」

「へ？」

「なんであたしにそこまでしてくれるの？」

「ん――」

北斗は首を傾げた。

「夏海ちゃんさあ、あのコンビニで、小さい子がお菓子を取ろうとしてたん、手が届かなかったの助けてあげたやろ」

「え？」

そういえば……そんな記憶がある。上の棚にある期間限定のお菓子を取ろうと背伸びしていた女の子。

「俺、それ見てたん。女の子がありがとってお礼言って親のところに行くの、ずっと見送ってたな、優しい顔して。俺、それ見て、あ、ええなあって思ったんや」

「な、なにそれ、そんなことで」

自分の知らないところで他人が自分を見ていた、というのは普段の夏海なら気持ちが悪いと思うところだが、今は気恥ずかしさと、くすぐったさを感じる。

「あ、あんなのあたしのキャラじゃないのよ、たまたまよ、たまたま」

「じゃあ、俺、そういう偶然のチャンスもらえたんやな、ラッキーやったな」

笑ってそう言う北斗の顔が、なんだか照れくさくてちゃんと見られない。

北斗は立てた指を組み合わせ、その三角の隙間から夏海を覗き込んだ。

「それで？　俺にできることある？」

北斗の視線がまっすぐすぎて、夏海は受け止めきれずにうつむいた。あと一時間で彼が幸せにならなければ自分は死んでしまう。そう言ったところで北斗は幸せになどなれないだろう。だからあたしは死んでしまう……。

スケートリンクも少しずつ人が減ってきている。それでも残っている人たちは楽しそうだ。くるくると回る、偽物の氷の上で。

「……そうね、できることあるよ」

「え？　なになに」

たぶん、夏海はやけになっていたのだ。だから北斗にはできそうもないことを口にした。

「あんたがあと一時間でちゃんと滑れるようになれば……」

北斗が目をパチパチと瞬かせる。

「ほんま？」

「うん、ほんま」

夏海は北斗の真似をした。彼の顔を見ず、輝くイルミネーションに目を細める。

「そしたらあたしは生きられる……」

「よし！」

北斗は立ちあがるとスケート靴のひもを固く縛りあげた。

「俺、行ってくるわ。夏海ちゃん、見とって！　俺がんばるから」

北斗はさっそうと駆けだし……とはいかなかった。ガニマタでよろよろしながらリンクへ向かう。

人工氷の上に降りて、バーに摑まりながらこちらへ手を振った。夏海はそれをぼんやり見返す。

ガツガツとリンクに靴の刃を立てながら北斗はリンクの上を歩く。なんとか足を滑らせようとしているが、腰が引けてしまい、ままならないようだった。周りの上手に滑っている人を見ながら右足、左足と動かしている。

だめね、あれじゃ。あ、転んだ。

夏海が見ているとたった一周のうちに北斗は三回も転んでいた。それでも顔をあげ、前へ進む。

バカじゃないの。

夏海は拳を唇に当て、歯を立てた。どうせ信じていないくせに、女の前でいい恰好しようとして。

滑っている人の間に再び北斗のパーカーが見えた。速度は遅いがなんとか立って歩いている。

「北斗くん……」

滑る人たちのからだの間に、北斗の姿が見え隠れする。

あんな怖がりで滑れるようになるわけがない。スケートリンクの上でおろおろするだけだ。もし滑れるようになったとしても、それで彼が幸せになるわけもない。あたしはただ時間を無駄に消費しているだけ。北斗に八つ当たりをしているだけだ。

夏海は顔を覆った。

自分が不幸だから北斗をいじめているだけだ。

「夏海ちゃーん」

どのくらい経っただろう。北斗の声が聞こえ、夏海は、はっと顔をあげた。首を伸ばして人の間に北斗を探す。

北斗はゆっくりとではあるが滑っている。——滑っている？

「夏海ちゃーん！」

再び大声をあげ、北斗が両手をぶんぶん振る。

「見ててな！　滑るからなあ！」

コツがわかった北斗のそこからの習得は早かった。ぎこちなかった動きは消え、なめらかにリンクを回り続ける。徐々にその速度はあがってきた。

夏海はいつの間にか必死で北斗を目で追っていた。

ちょっと、早い、早いよ。そんな早く滑ったら危ないよ。

北斗の足が大胆にあがる。深夜になり人が少なくなってきたリンクの上を、スピードスケートの選手のように、姿勢を低くして走りだした。

「北斗くん！」

夏海は立ちあがっていた。

「だめだよ、そんな走っちゃ！　危ないよ！」

リンクの外側の柵に駆け寄った夏海の目の前を、びゅんっと北斗が通り過ぎた。人と人の間を巧みにすり抜けている。ついさっきまでもたもたしていた姿とは別人だ。

「北斗くん！　もういいよ！　止まって！」

北斗のスピードに夏海は怯えた。このままでは怪我をしかねない。

「北斗くん！　止まってってば！　お願い！」

悲鳴のように叫ぶとようやく北斗はスピードを緩め、柵の外で立ち尽くしている夏海の前に流れてきた。その顔には大粒の汗がいくつも流れ、荒い呼吸に肩が上下している。

「や、やったぜ」

バーにぶつかって止まった北斗はその勢いのままに、柵越しに夏海を抱きしめた。

「滑れるようになったよ、俺。夏海ちゃん、これで大丈夫やな？　君の運命変わったよな？　死なないよな？」

北斗の声が押しつけられた胸から聞こえた。少し震えているようだった。

「バカじゃないの」

夏海の声も震えた。

「あんた、こんなに汗かいて心臓すごい音して。あたしの言ったことなんか真に受けて」

夏海は北斗の背中に腕を回した。温かく力強い肉体《からだ》。

あたしは今不安なのだ。怖いのだ。だから見知らぬ男にでも、こんなお調子者にでもすがりつきたい。あたしのために、あたしだけのために懸命になってくれた相手にしがみつきたい。

　両腕でしっかりと抱きしめられれば自分の命がはっきりと存在し、今この人の腕の中にあることが確かめられる。

「夏海ちゃん」

　北斗の声に顔をあげた。

「もうじき十二時だ。タイムリミットっていつなん？」

　見ると駅前の時計のはさみが閉じようとしている。

「北斗くん」

　夏海が名を呼ぶと、北斗が目を合わせた。その瞳に自分が映っている。

　彼はあたしを覚えていてくれるだろうか。もうこの世からいなくなってしまう自分を。

　偶然出会い、数時間過ごしただけなのに、あたしを信じてくれた彼、あたしのために懸命になってくれた彼。その思いが、行動が嬉しかった。愛しかった。

　彼はあたしのためにいろいろしてくれたのに、あたしはなにも返せない。だからせめて――。

「…………」

　夏海は爪先立つと、北斗のシャツをぐいっと引っ張った。「え？」と北斗が驚いた顔をする。その唇に自分の唇を押し当てる。

「ありがとう！」

「……って、ええっ？」

北斗はびっくりした顔をした。

「今、キスした？」

「そうだよ」

「ええー」

北斗の顔が真っ赤になる。それを見て、夏海は思わず微笑んだ。

「あ、」

目を丸くした北斗に夏海は首を傾げた。

「なに？」

「夏海ちゃん、笑ってる」

「え？」

「ずっと、怒った顔してたのに、今笑ってる。やっぱ、夏海ちゃん、笑った顔の方がかわええな」

夏海は思わず自分の頬に触れた。そう言われればそうだったかもしれない。最初は声をかけてきた北斗がうっとうしくて、次は自分の生死のことばかり考えてて。

「俺、ずっと夏海ちゃんのそんな顔見たかったたんやと思う——」

途端に、夏海の指にはまった指輪が虹色に輝きだした。

「あ……」

その光はみるみる大きくなって夏海を、そして北斗を包んでいった。


夏海はもやの中に戻っていた。白く濃いもや。上下も左右もわからない。どこから流れてくるのかもわからない白い世界。

そのもやの向こうからスーツ姿の二人が現れた。

「お疲れ様でした」

イルマがにこにこしながら手を差し伸べてきた。

「田原夏海さん。あなたは無事、試練を乗り越えられました」

「え……ええっ!?」

夏海はイルマを見、それから自分の周囲を見回した。

「こ、ここ、死整庁？　あたし、スケートリンクにいたんじゃないの？」

「おまえは試練をクリアしたからここに戻ってきたんだよ」

アガタが小さな砂時計を指で挟んで見せた。砂は上から下へサラサラと流れている。

「現実のおまえの時間はちゃんと流れだした。おまえは人生を続けられる」

それって北斗が幸せになったってこと？　あたしはなにもしてないのに。あたしの方が幸せな気持ちになったのに。

しかし驚きより喜びの衝動が大きくて、夏海は我慢できなかった。

「やったー！」

その場で両手を突きあげくるくる回る。勢いでぴょんぴょん飛び跳ねてしまった。

「あたし、生き返れるのね？　このまま生きていっていいのね？」

「はい、大丈夫ですよ」

そんな夏海の様子にイルマも嬉しそうにうなずいた。

「帰ったらすぐに北斗くんに会わなきゃ。あなたのおかげで生き返れたって！」

「それは無理だな」

ぴしゃりと。顔に冷たい水をかけられたような気がして、夏海は声の主を振り向いた。

「えっ？　……なんで？」

アガタは後ろで手を組み、足元のもやをかき回した。

「今おまえが体験した時間はなくなるからだ。あの世界はあくまでおまえが事故に遭わなかった仮の世界。これからおまえは元の世界に戻るが、それはここへ来る直前の時間。つまり、北斗卓司と過ごした時間はなくなるんだ」

「え……え？」

意味がよくわからない。北斗と過ごしたあの時間がなくなる？

「それにあなたはここの世界のことも、北斗くんと過ごした時間も忘れることになっています」

イルマが申し訳なさそうに言う。

「わ。忘れるって、そんな、い、いやよ！　だめよ、そんなの！」

「申し訳ありません、ルールなので」

夏海は二人に摑みかかろうとした。だがその前にもやが二人の姿を隠してしまう。

「いやよ、北斗くんのこと忘れたくない！　忘れられないわよ！」

アガタの声が遠くから聞こえる。

「おまえはおまえの人生を生きるんだ……死ななかった、新しい世界を……」

「いや――――！」


「……み、きみっ、大丈夫か？」

つまっていた耳に空気と音が急に入り込んだ気がした。その音が頭をガンガン叩く。

「え？　あっ……」

目の前にはイルミネーション、スケートリンクだっけ……？

夏海は目を瞬いた。

違う。リンクのイルミネーションじゃない、信号の赤と緑、それにときどきフラッシュ。

なんでスケートリンクなんて思ったのだろう。

「おい、こら！　なに写真撮ってんだ！」

誰かが怒鳴っている。

夏海は自分が固いアスファルトの上に座り込んでいることに気づき、周りを見回した。手の先に描かれた白と黒の模様は横断歩道。何台もの車がすぐ近くに止まっている。携帯を掲げるたくさんの人。そのカメラの先にはアスファルトの上に転がった男……。

「あ、あんた……」

倒れているのはさっきコンビニで声をかけてきた青年だ。名前は――。

「北斗、……？」

「大丈夫か？　君、轢かれかけたんだぞ、でも彼が突き飛ばして――」

そうだ、覚えている。目の前に車が迫ったこと。そのとき背中に強い衝撃があって。

「うそ」

あたしの代わりに？

夏海は目の前で頭から血を流し目を閉じている青年の顔を見た。

そんなのだめ、そんなの絶対……！

「だめだよ！」

夏海は膝で這って倒れている北斗のそばまで行った。

「ちょっと、あんた！　嘘でしょう？　目を開けてよ！」

呼びかけるとうっすらと北斗の目が開いた。

「ああ……」

「気がついた？　しっかりして！」

「なんや……また泣いとるんか……」

北斗が微笑む。

「おれ……どうすれば、ええ……？」

瞼が閉ざされる。夏海は北斗のからだを揺すった。

「しっかりしてよ！　女が泣いてたらほっとかないんでしょ！　がんばるんでしょ！」

そんなこと言われたはずがない。けれど彼がそういう男だということを、なぜか知っている、いや、そう信じている。

「君、揺すっちゃだめだ！　動かさないで」

誰かが肩にさわる。夏海はその手を振り払った。

「北斗くん！　生きて！　がんばってよ！」

遠くから救急車のサイレンの音が聞こえてきた。


日付が変わったが、夏海はじっと手術室の前の廊下でしゃがみ込んでいた。

効きすぎの冷房がからだを冷やしてゆく。夏海は両腕を抱え、ひたすら手術中という光を見つめていた。

北斗のからだにしがみついていた彼女は、救急車が来たとき知り合いだと思われてそのまま病院に連れていかれた。

北斗はすぐに手術室に回され、それきり出てこない。

神様、お願い。北斗くんを死なせないで！

夏海は膝の上に額を押しつけ、身を固くして待ち続けた。

なぜ彼のことがこんなに気になるのだろう。たしかに彼には命を助けてもらったけれど、それだけじゃない。あのアスファルトの上で彼の瞳を見たとき、ひどく懐かしい感じがした。この人は自分にとって大切な人だと感じた。

理屈じゃない。運命と言ったら陳腐かもしれないけれど、なんだかずっと前から約束していた人のような気がしたのだ。

だから……助けて。彼に聞きたいの。あなたは誰なのって。

やがて手術室のライトが消え、医師や看護師たちがぞろぞろと出てきた。夏海は立ちあがってマスクを外した医師の顔を見た。

「大丈夫ですよ、命に別状はありません」

眼鏡の奥で目を細め、医師が優しく言った。その瞬間、夏海はくたくたとその場で膝を折ってしまった。

その横をストレッチャーに乗せられた北斗が通り過ぎる。

「あ、あ……」

夏海は思わず手を伸ばした。

「大丈夫、すぐに会えますよ」

医師が励ますように言って、夏海を支えて立たせてくれた。


病室で北斗は包帯で頭をぐるぐる巻きにされていた。しかし顔色は悪くなく、包帯さえなければのんきに寝ているようだった。

夏海はベッドのそばにあるスツールに座って北斗の顔を覗き込む。

「北斗くん……」

彼の瞳が見たい、そして聞きたい。

「目を覚まして……」

その声が届いたのか、わずかに北斗の唇が動き、それから瞼が重たげに開けられた。

「北斗くん！」

夏海は立ちあがり、その顔の上に自分の顔を寄せた。

「わかる？　あたしよ」

「……おお」

北斗は二、三度目を瞬かせ、やがてしっかりと夏海を見つめた。

「……ええっと……コンビニの……おねーさん……」

「そうよ、あたしよ！」

北斗は大きく息をついた。

「俺、夢見とったわあ……おねーさんとスケートする夢……すっげえ楽しかった……」

夏海の目からぽろぽろと涙がこぼれた。

「よかったぁ！　北斗くん、よかった！」

「また泣いとるんか……夢の中でもおまえ……」

北斗は言葉を切り、なにかを思い出そうとするように眉を寄せた。

「……あれえ……？　なんかいい夢見てたと思ったけど……忘れてしもうた」

「北斗くん。あたし、夏海よ」

「……なつ、み？」

聞きたかった、彼が目を覚ましたらどうしても。

「どうして？」

「え？」

「なんであたしを――助けてくれたの？　あなた死にかけたのよ？」

「ええ？」

北斗は不思議そうな顔をした。

「なんでって……女の子が泣いてたら男は助けるもんやろ？」

「あたし……？　泣いてた？　泣いてなんか……」

北斗は少し考えるように目をあげて、それから小さく笑った。

「夢、やったかなあ」

「バカ、ね」

夏海の頬に温かい涙が伝った。

「ほんと、バカね。覚悟しなさいよ。あんたが治るまで、毎日見舞いにきてやるからね」

「夏海ちゃん、笑ってるね」

北斗は嬉しそうに言った。

「その顔、見たかったんや……」

◇

「どうよ、見たか。俺の手腕」

アガタはぽんと自分の腕を叩いてみせた。

「先輩……」

「田原夏海を転ばせてスケートリンクのチラシに気づかせるなんて、マニュアルに載せていいくらい、完璧な〝偶然〟の作り方だったろ？」

「……先輩」

手にしているのはそのスケートリンクのチラシだ。アガタはそれを離したり近づけたりして見ている。

「しかも、先に別の女を転ばせて、その巻き込みで倒れているんだ。死整庁がやったなんて誰も考えつかない偶然の重ね技。スケートは密着度の最も高い遊戯だ。男が幸せを実感するには近道だろう。これを選ばせる俺って天才なんじゃないか？」

「先輩ってば！」

度重なるイルマの声にアガタは不機嫌な顔で振り向いた。

「なんだよ、新人」

イルマは腰に手を当て、アガタを睨む。

「今回のやり方はかなり乱暴だったんじゃないですか？」

「なにがだよ、新人」

イルマはアガタの目の前に分厚い黒い表紙のバインダーをつきつけた。

「だって、試練を受ける対象者を助けるために幸せにする相手《ターゲット》を事故に遭わせるなんて。こんなことマニュアルには書いてありませんよ！」

アガタは顔の前のバインダーを邪魔だと言わんばかりに手で押しさげる。

「北斗も助かったんだからいいだろ」

「死整庁の担い手は対象者もターゲットもその試練において安全面を考慮しなければならない、って書いてあるんですよ？」

イルマはバインダーを脇に挟むとアガタにぐいぐいと顔を近づけた。イルマの方が背が低いので、見あげる形になる。

「ターゲットが助かったのは偶然ですよね!? 死んでたらどうするんですか！」

「そのときは北斗にも試練を受けてもらってだな」

イルマはバインダーをテーブルに叩きつけるように置くと、両手で自分の頭をぐしゃぐしゃとかきむしった。

「その人間が対象者リストに載ればいいですよ！ でも、だれが対象者になるかは『上』が決めることで僕らにはわからないじゃないですか。そもそも死者を減らす目的でやってるのに、巻き添えで追加したら、我々の責任問題ですよ！ なに考えてるんですか！」

そんなイルマを無視して、アガタは椅子に腰をおろし、ティーポットからカップにお茶を注ぐ。

「終わりよければすべてよしって人間のことわざを学んでこなかったか」

「……僕、ここに配属される前、先輩と組むと悪い見本ばかり見せられるから注意しろって言われたんですけど、ほんとだったんですね」

アガタがお茶を吹きだす。

「なんだよ、それ。ちゃんとノルマは果たしているんだから問題ないだろ。そう言ったの司長か？ 『上』はそんなにうるさいのか」

「司長さまや『上』のことをそんなふうに言っちゃいけませんよ。ちゃんと聞かれてますよ」

「おまえは臆病だな。『上』のなにが怖いんだよ」

アガタはもうひとつのカップにお茶を注ぐと、イルマの方に押しだした。イルマはため息をひとつついて、椅子に腰をおろす。

「怖いとかそういうわけじゃ。だって僕たちの存在は『上』あってこそでしょう？」

「そうなのかな」

「そうですよ！　僕たちは『上』の意向に添うよう生まれてきたんですから」

「まあな」

イルマはお茶を一口飲むと、花の香りの呼吸をする。

「先輩はかなりの変わり種って聞いてましたけど」

「まあ、人間とのつきあいが長いとこうなるんだよ」

「あ、」

イルマはもやの奥を目を細めて見つめた。うっすらと人影が見えたのだ。

「先輩。また新しいお客さんのようですよ」

「よし、今回もちゃっちゃとよみがえらせるか」

アガタは立ちあがると右の拳を左手に打ちつけた。椅子とテーブルがさっと消える。

二人はもやの中でさまよっている人間のもとへゆっくりと歩み寄った。

学園祭は眠らない

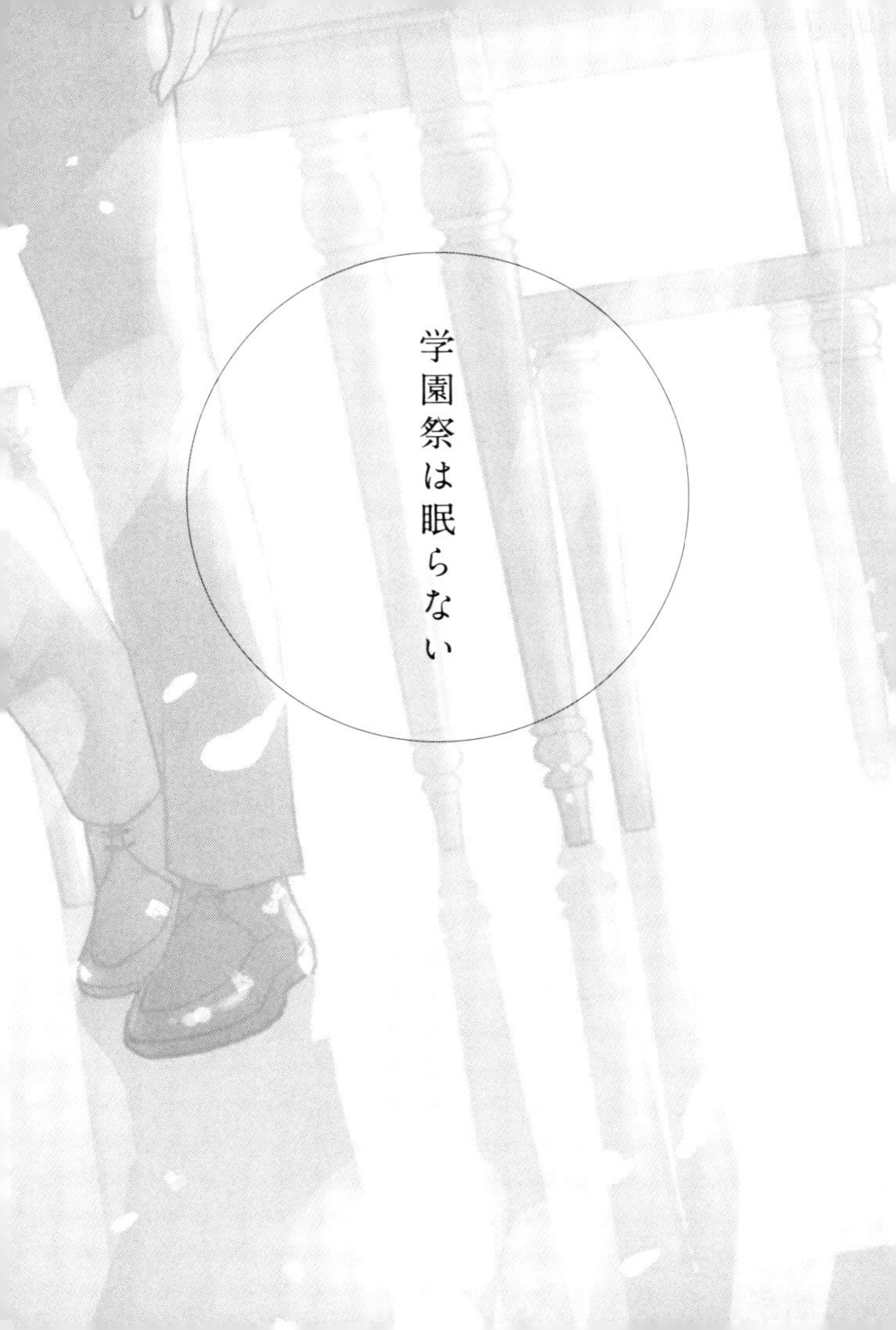

外は暗くなったが私立大峰《おおみね》高校のどの窓も明るいままだ。各クラス、各部とも明日に迫った学園祭の準備に追われ、大騒ぎをしている。

すっかり装飾などを完了させてリハーサルを繰り返すクラスもあれば、まったく間に合いそうもなく、諦めたのか単におしゃべりで盛りあがっているクラスもあった。

廊下にはいろいろなイベントのチラシやポスターが貼ってある。

『第二十九回　大峰学園祭を成功させよう』

そんな横断幕も校舎の外壁に下がっていた。

三森《みもり》あき奈《な》と深沢宏美《ふかざわひろみ》は、段ボール箱に色とりどりのコスチュームを入れて教室へ急いでいた。二人のクラスでは『妖精のメイド喫茶』を企画している。あき奈たちが家庭科室のミシンで製作した妖精の衣装がなければ始まらない。このために連日放課後を潰したのだ。

廊下を歩いていくとどこのクラスからも元気のいい声が聞こえてくる。放課後の校内にこんなに生徒が残っているなんて、二人にとって初めての経験だ。

「なんかワクワクするねー」

あき奈は宏美に声をかけた。高校に入って初めての学園祭。中学のときとは規模が違う。

「明日の本番はもっと楽しいよ、きっと」

宏美も嬉しそうに答えた。

ほかの高校では部活の企画の方が目立ったりするが、大峰高校では各クラスも趣向を凝らすのが伝統となっている。あき奈がこの高校を選んだ理由のひとつは、学園祭の賑わいにもあった。

学校全体で盛りあがり、全員一丸となってのお祭り騒ぎ。全部見ようとしたら、とても一日では無理だ。

その学園祭に今度は自分が参加できるのだ。張り切らざるを得ない。ふわふわした薄い生地を何枚も重ねたワンピースタイプのカラフルな衣装は、クラスの女子みんなでアイデアを出し合ってデザインした。男子たちは今頃教室を造花で飾っているはずだ。

二学期に入ってからずっとみんなでがんばってきた成果が明日、表れるのだ。

「うちはこういう準備の方が好きだなー。ずっと準備していたいよ。みんなで教室に泊まったりしてみたい！」

「さすがにそれは無理だろー」

「絶対、うちのクラス目立つよね！　この衣装めっちゃかわいいもん」

話しながら歩いていると、ちょん、と肩をつつかれた。

振り返ると汚れた白衣を着た生物の教師がバインダーを持って立っている。

ぼさぼさの艶のない前髪で顔を隠し、顎や頰に無精ひげを生やした様子は、いつ見てもとても教師には見えない。

「え、な、なんですか」

あき奈は段ボール箱を持ったままさっと飛びのいた。中の衣装がわさりと揺れる。すでに宏美は一メートルあまり離れている。

「かかと」

教師はバインダーであき奈の上履きを示した。かかとをつぶして履いてしまっている。これは校則違反だ。

「あ、」

「危ないよ……」

「あ、今、手ふさがってるんで、あとで直しまーす」

あき奈は軽く答えると、段ボール箱を抱え直す。

「…………」

教師はもうなにも言わず、背を向けた。

「クロベーってほんっとキモいよね」

そばに戻ってきた宏美は、教師をあだ名で呼んで囁いてその背中に舌を出してみせた。

一年の生物担当教師だが、あき奈はクロベーの本名を忘れていた。入学したときからクロベーはクロベーと呼ばれていた。上級生たちがそう呼んでいたのであき奈たちにもそう伝わったのだ。名前に〝黒〟という文字は入っていなかったと思うのだが。

不潔な見た目とぼそぼそ聞き取りにくい声で、とくに女子たちから嫌われている。

ただ授業は丁寧でわかりやすいので、あき奈はそこまで嫌いではなかった。宏美はさらに続けた。

「ほんっと。なんであんなのが教師やってんのかな。見た？　頭にでっかいフケがのってたよ」

「うぇー？　マジー？」

笑い合いながら二人は階段を上った。が、踊り場まで来て、あき奈はさっき言われたかかとを直そうと立ち止まった。

「宏美ちゃん、ちょっと待って」

あき奈は衣装の入った箱を床に下ろした。

「またなんか言われるのヤだから、かかと直す」

「あいよー」

片足を後ろにあげてつぶれたかかとを引っ張ったときだ。ガシャン！　と頭上でガラスの割れる音がした。

「え？」

振り仰いだあき奈の目に、ガラスの破片がキラキラと光りながら降り注いでくるのが見えた――。


わた菓子の中にいるようだ。顔の前を白いものがゆっくりと動いている。

だが、それは甘くもなく、息でふわりと動いてゆく。

あき奈は恐るおそるからだを起こした。手をついているところもふわふわとしたものが漂い、頼りなげだが、からだを支えることはできる。

あき奈は手を振り、頭をさすり、からだのあちこちをはたいてみる。

「あーびっくりしたぁ、なんだったの、今の……」

「踊り場の窓ガラスが外に吊りさげられていた看板で割られたんだよ」

不意に声をかけられ、あき奈は「ひえっ」と声をあげた。

顔をあげるといつの間にか目の前に二人の男が立っている。二人とも地味なスーツを着ているが、一人はおじさんで、もう一人はずっと若い。スーツが似合わなすぎて笑っちゃいそうだ。

「えー、なにィ!?　どこ、ここ——っ！」

あき奈はせわしく辺りを見回したが、どこまでも白いわた菓子、いや、雲のようなものが続いているだけだ。

「やだやだやだ、どこなのここー!!」

あき奈は飛び跳ねて立つと、もう一度大声で叫んだ。

「お静かに」

若い方の青年が冷静に言った。

「急にこんなところに来て、驚くのも無理ありませんね。私たちは死整庁のものです。私はイルマと言います」

「シ、シセ……？」

「死整庁です」

イルマと名乗った青年が繰り返す。

「俺はアガタだ、言っておくが市役所じゃないぞ」

中年の男、アガタがにやりと笑って片目をつぶった。

「みんな、死整庁と名乗るとまず市役所かって聞くんだよな。でも紛らわしいこっちにも責任あるかな、いっそ『天国の門』とか『あの世入り口』に改名すればいいのに、と毎回思うぜ。その方がわかりやすい。ああ、でも著作権とかにひっかかるかな」

「少し黙っててください、先輩。今回は僕が担当です」

イルマが今度はやや厳しい調子で言った。アガタはやれやれというような仕種で肩をすくめる。

「張り切っちゃって。俺はおまえが一人前になるための指導をしてるんだぞ」

「そういうどうでもいいおしゃべりは指導とは言いません」

イルマはむきになって言ったあと、あき奈の視線に気づいて「んんっ」と軽く咳ばらいをした。

「こちらへどうぞ。三森あき奈さん」

恐るおそる近づくと、さっきはなかったはずの椅子とテーブルが彼らの背後にあった。

椅子もテーブルも華奢で、おしゃれなカフェにあるもののようだ。イルマはあき奈に椅子を勧め、自分たちはその反対側に座った。

あき奈も椅子を引いたが小指で持ち上がるほどの軽さだった。

イルマはあき奈の目の前に、ピンクの縞模様のストローを差したガラスのコップを差しだした。たっぷりの生クリームを載せ、チョコレートとオレンジのソースをかけたフローズンコーヒーだ。

「どうぞ。きっとお好きだと思いますよ」

「あ、ありがと……」

あき奈はコップを受け取った。ひんやりとした感触。ストローに恐るおそる口をつけて吸いあげると、学校帰りにみんなで飲んでいた、なじみのドリンクの味がした。

うかがうように上目で見るあき奈に、イルマが微笑んでうなずいた。口の中にほんの少しの苦みと、そしてたっぷりの甘みが広がる。

ふうっとあき奈はため息をついた。

「気分はどうですか」

「……うん、落ち着いた」

その様子を見て、イルマが微笑んだ。

あき奈は目の前の彼が、同世代くらいで、女の子のようにきれいな顔をしていることにようやく気づいた。

柔らかそうな伸びた髪も、目の色も薄くてハーフのように見える。その目にじっと見つめられて、あき奈はちょっと恥ずかしくなった。片手で髪を直したり、襟もとのリボンをいじったりする。

　アガタの方はそのへんにいるおっさんぽいのでどうでもいい。なんだか怖そうだし。

「では、説明を始めますね。三森あき奈さん、あなたは、今、生と死の狭間にいるんです」

　イルマがゆっくりと言った。

「どういうことですか？」

　よく意味がわからない。セイトシノハザマ？　ハザマってなんだっけ？

「あなたが靴のかかとを直しているとき、外の看板の紐が外れ、踊り場の窓を直撃しました。あなたは運悪くその破片で頸動脈を切ってしまい……死んでしまったんです」

「う、」

「嘘じゃねえよ。まったくすごい確率で死んだもんだな」

「先輩！」

　茶々を入れるアガタにイルマが怖い顔をしてみせる。

「え、うそうそ、待って、待って。ちょっと待って」

「だから、教師に言われたとき、すぐにかかとを直せばよかったのにな」

　止められてもアガタは口を出す。イルマはもう諦めたのか、小さくため息をついた。

「う、うち、死んだの!?」

「しかしあなたが死ぬことを私たちは望んではいません。あなたもそうですね？」

「やだやだやだ！　うちまだ高一だよ！　なんで？　なんで死ぬの!?」

あき奈の大声も、このもやの空間ではただ吸い込まれるだけで響かない。イルマはあき奈が怒鳴っても穏やかな表情を崩さなかった。

「生き返りたいですよね？」

「い、生き返りたい！　お願い、戻して！」

「じゃあ受理ということで」

イルマはほっとした顔で書類を開き、そこにハンコを押した。

「大丈夫ですよ。あなたは試練を乗り越えれば無事生を得ることができます」

「シレン？　シレンってなに？」

「おいおい新人、ＪＫに試練なんて言ってもわからないぜ？」

アガタは軽い調子で言って、テーブルの上に身を乗りだした。

「三森あき奈」

「え、は、はい！」

フルネームで呼ばれ、思わず背筋を伸ばしてしまう。アガタはにやりと笑うと両手をゆっくりと小指から組み合わせた。

「つまり、テストのようなものだと思えばいいさ。そのテストに合格すればおまえは再び人生を謳歌することができる。あ、テストというよりゲームか。でも、このゲームにはセーブボタンもリセットボタンもないからな」

「ゲーム……」

生死を賭けたゲーム？　なにそれ!?

「先輩」

イルマはテーブルに身を乗りだし、アガタを制した。

「黙っててください、僕が話しているんだから」

「へいへい」

アガタは薄く笑って椅子の背にもたれた。イルマはもう一度、空咳をする。

「あなたはある人を幸せにしなくてはなりません」

「へ？」

内容が意外過ぎて、あき奈は間の抜けた声をあげてしまう。

「その人が心から幸せだと思ったとき、あなたは再び生を取り戻すことができます」

「だ、誰を？」

「その指輪が」

指さされ、あき奈は自分の手を見た。いつのまにか銀色の指輪が左手の薬指にはまっている。

「――光って教えてくれます。あなたの試練の相手を」

「つまり、それがおまえの運命の相手ってわけ。女子ってそういうの好きだろ？」

若いイルマが真面目に説明しているのに、その分アガタが茶化してくる。

「ど、どうやって幸せにするの？　うち、どうすれば……」

「それは自分で考えてください。ちなみにタイムリミットがあります」

「タイムリミット!?」

「はい、今回は」

イルマはちらっとテーブルの上の砂時計に目をやる。

「あなたの場合は……二時間ですね」

「に、二時間って！」

あまりにも短い。ワンピースだって縫えやしないじゃない！

「待って！　ヒント！　ヒントちょうだい！」

「ヒ、ヒント、ですか？」

はじめてイルマがうろたえた顔をした。視線をあちこちに飛ばし、考えているようだ。

あき奈はアガタの方に顔を向けた。

「お願い、ヒントを」

アガタはちらっとイルマを見た。イルマは悔しそうな顔をしながらうなずく。

「ヒントか——まあ、そうだな」

アガタはぐっとあき奈に顔を近づけた。

「おまえが自分の思った通りの行動をすれば、大丈夫だよ」

「な、」

　そんな漠然とした言葉――。

「なにそれ、そんなのヒントじゃないよ！」

「そうですよ、先輩。そんなことなら僕だって言えます」

　あき奈とイルマに同時に責められ、アガタは唇をとがらせた。

「ほかに言いようがないだろ」

　アガタが椅子から立ちあがる。あわてたようにイルマも立った。

「それじゃ、まあがんばれよ」

「えっ」

　アガタの言葉にあき奈はあわてる。

「ちょっと待って！　それで終わりって、うそ！」

「終わりだ終わり」

「がんばってください、応援してますから」

　二人の声がかぶさる。

「待ってよ。うち、スマホゲームだって終わらせたためしないんだよ――っ」

　二人の男をもやが包む。その姿がどんどん遠ざかっていって、やがて目の前が真っ白になった。

「――おい、どうした」

　肩を揺すられて、あき奈は驚いて目を開けた。あわてて顔をあげると、さっきガラスが降りかかってきた踊り場に戻っている。

　しかし窓が割れている様子はない。ひびひとつなく、青空が透けて見える。自分は壁に寄りかかって座り込んでいたようだ。

「え？」

　青空？　さっきまで夕方だったのに。

「どっか具合でも悪いのか？」

　声をかけてくれたのは見知らぬ男子生徒だ。膝をついてあき奈を見ている。そばには麻ひもで縛られた段ボールの束が置いてあった。

「宏美ちゃん……宏美ちゃんは？　あれ？　シセーチョーは？　なんでうち……」

　あき奈はきょろきょろと辺りを見回した。

「大丈夫か？　まさかこんなとこで寝てたのか？」

　男子生徒は苦笑して言った。

　その横を他の生徒たちがどたばたと通り過ぎる。廊下にはティッシュで作った造花が飾られ、ベタベタとたくさんのポスターが貼ってあった。

『第十九回　大峰祭を成功させよう』

「え？　十九？」

あき奈は壁にすがってよろよろと立ちあがった。

ここはたしかに見知った大峰高校だ。この階段も、その上の廊下も天井も見覚えがある。

だけどどこか違和感も覚える。

「あ、あの!」

「あ?」

「十九回ってなに!?」

「なにって……今年の大峰祭だろ」

「今年? ……い、今、何年? 平成何年?」

「おまえ、頭打ったか?」

男子生徒は心配そうにあき奈を見た。

「今は平成二十年、二〇〇八年だ。ついでに十月の二十五日、三時十七分」

「――!」

平成二十年? 二〇〇八年? 十年前!?

そういえば男子の制服が微妙に違う。あき奈の知っている制服はジャケットの襟が緑だが、目の前の彼は服と同色の灰色だ。大峰高校は過去に何度か制服をマイナーチェンジしている。

「そ、そんな……」

「どっか痛いなら保健室行くか?」

硬直したままのあき奈を男子生徒は本気で心配してくれているようだ。

そのとき。

左手にある指輪が白い光を放った。目の前がハレーションを起こしたようなまぶしい光。

「きゃあっ」

あき奈は目を覆ってうつむいた。あのもやの中の男が言ったことを思い出す。

――その指輪が光って教えてくれます。あなたの試練の相手を。

じゃあこの人？　この男子？　あたしはこの人を幸せにしなくちゃいけないの？

「お、おい、どうしたんだ」

急に悲鳴をあげたあき奈に驚いたのか、男子生徒が顔を覗き込んでくる。

「さっきから大丈夫かよ」

「だ、大丈夫、ごめん」

あき奈は顔をあげ、男子生徒を見つめた。

「あ、あなた――」

じっと見つめると男子生徒の顔がほのかに赤くなった。

「な、なんだよ、じろじろ見るんじゃねえよ」

「あ、あの」

「あ？」

「し、幸せですかー！」

　十字に縛った段ボールの束を両手にさげ、男子生徒が階段を下りていく。一年の教室に向かっているようだ。あき奈はその後ろをついていった。

「あのなあ」

　男子生徒――制服の胸についている、これもあき奈の時代にはない名札で工藤《くどう》という名前だとわかっている――は肩ごしに振り向いた。

「なんでついてくんだよ、保健室はこっちじゃねえだろ！」

「どこに行くの？」

「教室に戻るんだよ、俺たちは学園祭の準備で忙しいんだ」

　工藤は面倒くさそうに言った。

「う、うちも学園祭の準備してたんだよ、この学校の学園祭、すごく楽しみにしてたんだよ、絶対戻らなきゃいけないんだ」

「じゃあさっさと自分のクラスへ戻れよ」

「だからさっきも説明したじゃん、うちは、」

「あのなあ」

　工藤がくるりと振り向いた。

「おまえが十年後から来て、俺を幸せにしなきゃ死ぬって意味わかんねえよ。どんな中二設定なんだよ」

「あ、中二病って言葉、十年前からあったの?」

工藤はがっくりと肩を落とし、疲れた、というポーズをとった。そして再び歩きだす。

あき奈はそのあとを追った。

「ねえ、あなたべつに不幸に見えないんだけど、ほんとはどうなの? うちでなんか幸せにできることがあるの」

「だから俺は、べ・つ・に・不幸じゃねえよ」

「だって、この指輪が光ったんだもん、うちが幸せにする相手は——」

「指輪なんかねえし」

工藤はあき奈の言葉を遮った。

「あるよ、見えないの?」

「見えるか!」

あき奈はびっくりして立ち止まり、左手の薬指を見た。銀色の細い指輪がちゃんとはまっている。なんの飾りもないシンプルなデザインだ。

「……見えないの?」

工藤はそのまま廊下をすたすた進んだが、一年の教室のある廊下まで来て立ち止まった。振り向いて、うつむいたままのあき奈に顔をしかめる。

「おい」

声をかけられてあき奈は顔をあげた。

「おまえの〝設定〟につきあうつもりはないけど、そんな顔してたら俺がいじめてるみたいじゃねえか」

「だって……」

あき奈は周囲を見回した。教室も廊下も同じだが、さっき通ったときとは飾りつけが全然違う。すれ違う生徒の顔にもまったく見覚えがないうえ、髪形はシャギーの入った子が多いし、スカートもとても短い。

襟元のリボンも紐をやたら長くしてぶらさげている子が多かった。

「だって、あたしだって、こんなとこに一人で放り込まれて、どうすればいいかわかんないんだもん。あんたは全然不幸じゃないって言うし」

あき奈は拳を握りしめた。

「あたしだって帰りたいよ、宏美ちゃんと一生懸命衣装作ったのに。それでみんな妖精になるはずだったのに。うちの教室は妖精のメイド喫茶なんだよ！」

「おい、」

「このままじゃあたし帰れない。それどころか死んじゃうんだよ、なのに……っ、うち、どうすればいいのぉ！」

「おい、ばか、泣くな！」

工藤はあわてた。段ボールを廊下に置き、あき奈の腕を引っ張ると、廊下の角に連れていった。

「なんだよ、おまえはよ。そういうごっこ遊びはオタクのいる漫研とかアニ研でやりゃいいじゃねえか。俺みたいな一般人を巻き込むんじゃねえよ」

「ごっこ遊びじゃないもん～っ」

「だからって、その設定はキツイぜ」

工藤はハアッとため息をついた。

「だいたい俺は不幸じゃねえし。不幸なのは宮藤《みやふじ》……」

そこまで言って彼はぎゅっと唇を閉じた。

「ミヤフジ……？　誰？」

あき奈は工藤の顔を見た。彼は床をじっと見つめ、その口はなにかを言いたげに少し動き、だが、次の瞬間には嚙みしめられる。

「どうしたの？」

「……どうもしねえ」

工藤はあき奈に背を向けると廊下に戻って段ボールの束を手に取った。

「待ってよ」

「おまえ自分のクラスに帰れ」

「だから、うちのクラスは十年後の一年四組なの、今の四組に行ってもだめなの」

「ったく、しつこいなあ。だいたい妖精のメイド喫茶ってなんだよ、メイド喫茶意味あるのかよ」

「だってメイド喫茶が隣の組とかぶっちゃったんだもん。だから設定を妖精の国にしたんだよ」

「安易だなあ」

工藤は段ボールを持ちあげた。

「なによ！　どこが安易なのよ」

「流行に乗ってメイド喫茶ってところがさ。妖精だってなんだって同じじゃねえか」

「うちの妖精のメイド喫茶はすっごくかわいいの！　衣装だって凝ってるんだから！ちゃんと背中に羽根だってついてるし！」

あき奈が意地になって言うと、工藤は彼女を振り向いた。

「元気になったか？」

「え？　あ……」

あき奈は目を瞬いた。もう涙はすっかり乾いている。

「……心配してくれたの？」

「ばっか、ちげえよ！」

工藤が赤くなる。あき奈が笑うとそっぽを向いた。

「工藤くんってわりと親切だよね」

「なに言ってんだよ」

工藤は背中で返事をした。一年の廊下を通り過ぎてゆく。一組二組三組、そしてあき奈のいるはずの四組。

だが、そこは妖精のメイド喫茶ではなく、『昭和喫茶』と貼り紙がしてあった。

あき奈は目を逸らし、工藤の後頭部だけを見つめた。

「親切だよ。最初にどうしたって声かけてくれたし、保健室行くかって言ってくれたし」

「おまえが頭打ってバカになったんじゃねえかと思ったんだよ。つか、バカだろ、おまえ」

「おまえおまえってねえ、うちは三森。おまえ呼ばわりはやめてよ」

「ああ、そうですか、ももりさんですか」

「三森だってば！」

あき奈は工藤に肩を並べた。

「そもそもおまえが十年後の人間なら、俺は先輩ってわけじゃねえか。口の利き方に気をつけろ」

あき奈はぱっと顔を輝かせた。

「信じてくれるの？」

「信じてねえよ」

工藤は歩きだし、あき奈はそのあとについた。その横を生徒たちが何人も駆け足で通り過ぎてゆく。

「工藤くんに、うちの妖精のメイド喫茶来てほしかったな」

「やだよ、そんな恥ずかしいの」

あき奈は口をとがらせ、工藤の周りをくるりと回った。

「じゃあ、工藤くんのクラスはなにするのよ？」

「うちは教室にパーテーションいっぱい立てて、迷路にすんだ。ゴールするタイムによって豪華賞品がもらえる」

工藤はちょっと自慢げに言った。

「へえ、おもしろそう！」

「まあ、パーテーションつっても、段ボールなんだけどさ」

「ああ、それで作るんだ」

話しながら、工藤は自分のクラスである一年七組の前に立った。

「見ていくか？」

「え？　いいの？」

七組は学園祭の準備のため、机や椅子が全部後ろの壁側に寄せられ、半分ほどのスペースが段ボールで埋まっていた。段ボールはけっこうな高さがあり、中を覗いてみることができない。

クラスの生徒たちはそれらの合間を縫うようにして、切り込みを入れたり、窓や小さなドアを作ったりしている。

入ってすぐ、あき奈はそれに気づいた。黒板のところに一人の男子生徒が背中をつけるようにして立っている。背後の黒板には白いチョークで大きな円が書かれていた。円には中心――つまり男子に近づくにつれ〝一点〟〝二点〟と高くなるように数字が書かれ、立っている生徒の額には〝一万点〟と書き込まれている。

「……？」

あき奈は最初、それも工藤のクラスの演出かと思った。だが、そうでないことは立っている生徒の泣きだしそうな顔で、すぐにわかった。

彼の前の机や椅子のないスペースに三人の男子が立って、おもちゃの銃を黒板の前の生徒に向けている。

パチンと音がした。銀色の玉が銃から飛び出し、黒板に硬い音を立てて当たっては弾かれていく。

「目を開けてろって！」

銃を撃っている男子生徒が叫んだ。

「開けてろって言ってんだろ、宮藤！」

三人の男子生徒は髪を茶色く染めズボンを腰パンにしていたり、シャツをだらしなく出していたり、わかりやすい不良の姿をしていた。

的になっているミヤフジと呼ばれた生徒は小柄で痩せていて、血色の悪い顔をしている。制服もひどく汚れていた。

ミヤフジ？　ミヤフジってさっき工藤くんが言ってた……？

あき奈は驚いて教室の中を見渡した。だいたいの生徒はその現場から顔をそむけ、他愛のないおしゃべりをしていたり、黙って立っていたりする。

——なにこれ、いじめじゃない、なのに見て見ぬふりってやつ？

あき奈も中学のときに、いじめの現場を見た覚えはある。だがここまであからさまなものは知らない。

横にいた工藤は、その現場を見てわずかに表情を強張らせたが、さっと目を逸らして教室の中に入っていった。

「おーい、追加の段ボール持ってきたぞ」

大きく響いた工藤の声に他の生徒たちがほっとした雰囲気が伝わってきた。

「今日中にやっつけんだからなー、みんな手伝ってくれよー」

工藤が教室の床に段ボールを置く。

銃を撃っていた生徒たちは、ちらりと工藤を見たが、無視してまた黒板の前の生徒をいじめだした。

「ここは、この下絵が描いてあるやつでいいんだよな？」

「ああ、カッターそこにあるぜ」

「塗るの大変じゃね？　テープ貼るとかがよくない？」

床に段ボールを置いて座り込んだ工藤の周囲にみんながわらわら集まってくる。すぐ横で行われている行為を、この作業で忘れられる、見なくていいという空気だ。

あき奈は入り口で立ちすくんでいたが、意を決して教室の中に足を踏み入れた。

「――ちょっと」

あき奈は段ボールを切り離している工藤の後ろにしゃがんだ。

「あれ、いいの？　ほっといて」

小さな声で工藤の背中に言う。

「………」

工藤は黙ったままだし、他の生徒もあき奈を見ない。

「さっきミヤフジって言ったよね、それ、あの子じゃないの？　不幸なのはミヤフジって」

「うっせえな！」

工藤が声をあげた。彼の横にいた女子が驚いた顔をする。

「なによ、工藤」

「おまえに言ったんじゃねえよ、この中二病女がうるせえんだよ」

工藤は苛ついた調子で言った。

「なに言ってんの？」

「へ？」

工藤、そしてあき奈も彼女の顔を見た。

「いや、ここにいるだろ、変な女が」

「はあ？」

女子生徒は工藤が指している場所を見て、それから他のみんなの顔を見て、最後にもう一度工藤を見た。不審さと気味悪さを半笑いの表情に押し込めて。

周りのみんなだけでなく、ミヤフジをいじめていた三人も工藤を見ている。なのに、誰もあき奈を見ない。

「なに……、言ってんの？　工藤……」

「…………」

あき奈はショックを受けていた。

――うちが、見えて、いない？　だって今まで工藤くんと話していたのに。一緒に歩いてここまで来たのに。

「……ほんとに、誰も、いねえ？」

工藤が彼女に、そして他の生徒たちをぐるりと見回して聞く。生徒たちは怯えたように、あるものはちょっとからだを引いて、「おまえ大丈夫かよ？」「なに、ウケようとして」などと小声で言った。

「あ、いや、俺」

工藤はちらっとあき奈を見た。その表情がこわばっている。あき奈もごくりと息を呑んだ。工藤はさっと立ちあがった。

「俺、ちょっと、顔洗ってくる」

「待ってよ！」

あき奈も立ってそのあとを追った。

だが、教室の外へ出た工藤はトイレには向かわず、そのまま廊下の壁に寄りかかる。

あき奈はその横に立った。自分こそ壁に寄りかかりたかった。

「おまえのこと、誰も見えてねえの？」

「……そう、みたい」

工藤はあき奈の顔を見据えた。かすかな恐怖の色がその目にある。

「なんなんだよ、おまえ」

「そんな顔で見ないでよ……」

人から怖がられると、自分もこんなに怖いのだ。あき奈はからだを震わせた。

「だってさ、おまえ」

「だから！」

あき奈は足を踏み鳴らした。

「──十年後から、来た？」

「そうだよ、最初からそう言ってるじゃない！」

工藤は周囲を見た。一人の男子がこちらを見ていたが、工藤と目が合うと彼はそそくさと視線を逸らす。

「じゃあ俺は、さっきからなにもないところで独り言、言ってたってわけか」

「なにもなくないよ！　うちはいるじゃん！　ここに！」

「だってよ……」

「うち、いるんだよ！　でも、うちはここの人間じゃないの！　二〇一八年の！　平成三十年の……っ」

気持ちが昂って声がつまった。その代わりのように涙が目から溢れてきた。あき奈はわあっと声をあげて泣いた。

自分の存在がこんなにも頼りない。誰にも見えない、誰も知らない。まるで幽霊のようだ。やっぱりあたしは平成三十年に、あの階段の踊り場で――。

「死んじゃうー！　あたし、死んじゃうよおおおっ！」

「――おい、」

うずくまって泣き続けるあき奈に、工藤は弱々しい声をかける。彼は辺りの様子をうかがい、今度は誰もこちらに注目していないことを確認したあと、ずるずると壁にそってしゃがみ込んだ。

「泣くなよ……」

工藤は頭を抱えた。

「わかったよ、信じるよ……おまえが十年後から来たって」

隣で囁く工藤にあき奈は涙に濡れた顔をあげた。

「ほんと……？」

「ああ。悪かった、疑って」

あき奈はしゃくりあげ、鼻をすすった。涙はなかなか止まらない。

「ハンカチ……忘れた」

びしょびしょの顔を手で擦るあき奈に、工藤は自分の腕を差しだした。

「拭いていいぞ」

「いいよ、汚れるじゃない」

「もう汚れてるからいいんだ」

「そんな汚いもので顔を拭かせる気なの？」

言いながらもあき奈は工藤の腕に顔を押しつけた。

「触れるのに……」

「そうだな、俺もおまえの感触はある」

あき奈はぐりぐりと工藤の腕で涙を拭いた。

「幽霊なら触れないよね」

「ああ」

「これってやっぱり工藤くんがあたしにとって特別だから……」

言いかけてあき奈は、ぱっと工藤を振り向いた。工藤の顔が真っ赤になっている。

「ち、違うよ!?　そういう意味じゃなくて。工藤くんがうちを生き返らせる唯一の手段っていうか、その、えっと、試練の相手だからさ！」

「わ、わかってるよ！」

工藤は大声をあげ、あわてて口を手で押さえた。あき奈も両手で押さえている。

「…………」

二人はしばらくそのままでいたが、やがて我慢できなくなったように工藤が笑いだした。

「ははっ」

「……く、ふ」

あき奈も笑う。

「ふふ、ふ」

笑える。笑うことができる。

「おまえ、幽霊じゃねえよ」

「うん、うちもそう思う」

あき奈が工藤を振り向くと、工藤の目がすぐ近くにあった。だが、工藤はさっと顔を逸らしてしまう。見つめられていたのか、とあき奈は頬がちょっと熱くなった。

「おまえ、俺が幸せになれば十年後に戻れるのか」

「うん……、シセイチョウの人はそう言ってた」

「だけど、俺はべつに不幸なんかじゃねえ、不幸なのは……見ただろ」

あき奈の言葉を遮って工藤は教室を振り返り、囁いた。

「あいつだよ、宮藤だ」

「……いじめ……だね」

「ああ」

工藤はあき奈の横で、膝を抱えた。

「あいつら、横川《よこかわ》と仁鳥《にとり》と柴田《しばた》……。夏頃から宮藤をいじめだして、でもあいつら他校の不良ともつながりあるって言われてて、誰も止められねえんだ」

「………」

「宮藤は……俺と同じ中学で、……」

工藤の唇がかすかに動いた。そのとき音にならなかった彼の言葉を、あき奈はたしかに聞いたと思った。

「わかったよ、工藤くん……。工藤くんはやっぱり幸せじゃないよ」

あき奈の声に工藤は顔をあげた。

「だって工藤くん、宮藤くんを助けたいんでしょ、それができなくて、不幸なんだよ！」

「な、なに言って……」

「宮藤くんは工藤くんの友達なんでしょう？」

「………」

あき奈は膝に手をつくと、ぐっと足を伸ばし、立ちあがった。

「ここでは、うちは工藤くん以外には見えない。さっき幽霊じゃないって言ったけど、ここの人にとっては幽霊みたいなもんよ。でも宮藤くんはほんとに幽霊じゃない、そこにいるの。工藤くんの友達なの、クラスメイトなの。工藤くんも、クラスのみんなも、宮藤くんを見ないようにしてるけど、でもほんとは助けたいんだよね!?」

「なに言ってんだよ……」

「工藤くんが幸せになんなきゃ、うちは帰れないのよ。工藤くんが幸せになる方法は、自分でわかってるはずだよ」

あき奈はスカートのすそを翻し、歩きだした。

「おい、なにするんだ」

「うちは幽霊だから、なにもできないかもしれないけど」

あき奈は教室の扉の前に立つと、それを開けようと手を伸ばした。だが、手は扉をすり抜けてしまう。自分で自分のことを幽霊と言ったが、こんなことが起きてしまうことに改めてショックを受ける。驚いたが、あき奈は唇を嚙むと、目をぎゅっとつぶって扉に頭からつっこんだ。

「……っはあっ」

扉を通り抜け、大きく息をつく。目を開けるとさっきと変わらず、三人の男子が宮藤を的に銃を撃つ遊びをしていた。

あき奈は彼らに駆け寄ると、三人の前に立ちはだかる。

「やめなさいよ！」

あき奈は怒鳴った。だがその声は彼らには聞こえない。

「やめなさいってば!」

三人は笑いながら銃を撃ち続けている。あき奈は銃を持っている男子の手からそれを奪おうとしたが、その手は銃をすり抜けてしまう。

「やめて、もうやめて!」

別の男子の胸ぐらを掴もうとした。頭を叩こうとした。だが、だめだ。いずれも腕は素通りする。

「あんたたちも見えないふりするのやめなさいよ!」

あき奈は教室の後ろの方で段ボールを囲んで集まっているクラスメイトに呼びかけた。だが誰も振り向かない。無言の背中。丸まった背中は宮藤を生贄にしたことを自覚した背中だ。

「やめて!」

あき奈は宮藤の前に立って両手を広げた。だが銀色の弾はあき奈のからだを通過して宮藤を撃つ。彼は、からだや顔に弾が当たっても、身を固くして動かない。

あき奈は宮藤を振り返った。宮藤は涙を浮かべた目を見開いている。

その目はあき奈の方を向いているが、彼女を認めているわけではなかった。彼は誰も見ていない。もう現実に救いを求めることを止めてしまったのかもしれない。

彼の空虚な視線にあき奈は涙をにじませた。

「工藤くん！」

あき奈は叫んだ。

「お願い、工藤くん！」

あき奈の声が届くのは工藤だけだ。なのに、彼は教室の外、閉められた扉の向こうで立ち尽くしているだけだ。

「工藤くん！　助けて！」

あき奈の悲鳴のような声に、バンッと大きな音を立てて扉が開く。

全員が振り向いた。扉の外に工藤が立っていた。

「……っ」

工藤はクラス中の視線に押されたかのように一瞬、背をそらしたが、次には風に向かって進むように、前のめりになって教室の中に入ってきた。

彼は三人のそばまで行くと、震える声で言った。

「おまえら……いい加減にしろよ」

三人は工藤を上から下まで見た。

「なんだよ、工藤」

「もうやめろよ、うんざりだ」

黒板の前に立つ宮藤が目を見開いて工藤を見つめている。

「宮藤がおまえらになにをしたっていうんだよ。いい加減にしろ」

「工藤——」

三人の中で一番大柄な男がゆらりとからだを揺らした。

「てめえ……文句あるのかよ」

「あるよ」

工藤はとうとう宮藤と三人の間に、あき奈の前に立った。

「横川、おまえ恥ずかしくねえのかよ、不毛なんだよ、むかつくんだよ」

「てめえ」

横川、と工藤が呼んだ男子が彼の胸ぐらを摑む。

「工藤くん！」

あき奈は工藤の後ろから飛び出して、横川の腕を摑もうとした。

「工藤くんを離せ！　バカッ！」

「おまえ」

工藤はあき奈を見て言った。

「いいから女は引っ込んでろ」

「なに？」

横川はぎょっとしたように視線を逸らした。その瞬間、工藤は思い切り頭を突きだした。

「ぎゃっ！」

横川の鼻に工藤の頭突きが決まる。横川がのけぞって床に倒れた。

「てめえっ！」

「工藤！」

残りの二人が工藤に摑みかかる。工藤は二人に押されて背後の机にぶつかった。ガチャガチャと机や椅子の脚が激しい金属音を立てる。

「工藤くんっ！」

あき奈の声はクラスメイトのあげる悲鳴にかき消された。横川も体勢を立て直し、工藤に摑みかかった。三人は工藤を押さえ込み、その顔を殴る。

「助けて！　工藤くんを助けて！」

誰にも聞こえないとわかっていてもあき奈は声をあげずにいられなかった。泣きながら三人のからだを引きはがそうとする。

「やめろよぉ！」

そのとき壁際にいた男子が一人、横川の背中に飛びついた。

「工藤ォ！」

もう一人の男子生徒も飛びつく。それを契機に次々と生徒たちが三人に摑みかかって、工藤から引きはがそうとした。

いじめていた三人も、黒板の前でしゃがみ込んでいた宮藤も、驚いていた。工藤はからだを振って三人の手から逃れると、立ちあがって叫んだ。

「もうやめろ！」

三人の目を見据えて言う。

「学園祭は明日なんだ。くだらねえことしている暇なんかないんだ！」

「てめえら、こんなことをしてただで済むと思っているのか」

テレビドラマの悪役のような台詞で横川がすごむ。

「こんなもん……っ」

横川はできあがっている段ボールのパーテーションを蹴り飛ばした。周りの女子から悲鳴があがる。

しかし工藤はすぐにその段ボールを起こし、横川を睨んだ。

「おまえがいくら壊しても俺が直す。何度だって直す。おまえたちが全部壊したって、俺は、何度だって直せるんだ！」

「お、俺だって直す――」

他の男子生徒も叫んだ。

「あたしだって！」

女子生徒も叫ぶ。いつの間にか、教室にいた全員が工藤の後ろに立っており、口々に叫びだした。三人はクラス全員の視線に気圧《けお》されたように立ちすくみ、固まっている。

「お、おい」

いじめに加わっていた一人が横川の制服の袖を摑む。

「い、行こうぜ」

「……っ」

横川はからだを震わせ工藤を睨み返した。

「くそったれっ！」

捨て台詞を残して三人が出ていく。その瞬間、クラスの中でわあっと歓声があがった。

「工藤！」

「工藤くんっ！」

みんなが工藤のそばに集まる。だが工藤は彼らをかき分け、黒板の前に進んだ。

「……宮藤」

工藤は黒板の前にへたり込んでいる宮藤の前にしゃがんだ。

「ごめん、……ごめんっ、ほんとに……ごめん、今まで……っ」

工藤の目から涙がこぼれる。

「工藤……」

「ごめん、宮藤、ごめん……」

しん、と歓声が止み、全員がうなだれた。自分たちの罪の形を彼らは見、そして受け入れたのだ。

あき奈はすぐそばで工藤を見つめていた。

いじめをしていた三人が去った教室で生徒たちは迷路づくりを再開した。そこには宮藤の姿もある。迷路は完成間近だった。

工藤は段ボールを解体しようとしていたが、あき奈が教室の隅に立って手持ち無沙汰にしているのを見て、カッターを床に置いた。

「俺、ちょっと出てくる」

クラスメイトにそう言うと、あき奈の前を通り、目線を合わせた。あき奈はうなずき、彼のあとについてゆく。

廊下ではあちこちのクラスから歓声や笑い声が聞こえてきた。学園祭の準備もクライマックスだ。あき奈は自分のクラスの一年四組を見つめていた。

「なあ、三森」

「なに？」

「ありがとうな」

あき奈は工藤の顔を見た。工藤もあき奈を見つめている。静かな視線に急に胸がドキリと打ったので、あわてて視線を逸らした。

工藤はそのまま渡り廊下へと進み、上履きのまま外へ出た。さっきまで明るかったのに、もう日が落ちて辺りが黄色く染まっている。

「もう夕方だな」

工藤は空を見て言った。

「そう、だね……」

階段で事故に遭ったときもこんなふうに黄昏の日差しが落ちていた。

「おまえのおかげで俺……」

内庭に立つ木の根元にしゃがんで、工藤はつぶやいた。

「幸せになれた？」

工藤は苦笑した。

「おまえがいなきゃ、あんな勇気出なかった」

「うち、嬉しかったよ。工藤くんが宮藤くん助けてくれて。すごくかっこよかった」

「よせよ」

工藤は赤くなった頰を隠すように膝の上に顔を伏せた。

「いじめは終わると思う？」

あき奈の言葉に顔をあげる。

「わかんねえ。あいつらほんとに明日乗り込んできて迷路をめちゃくちゃにするかもしれねえ。学園祭のあとも宮藤や……俺、やられるかもな」

「工藤くん」

「でも、黙ってるつもりはねえよ」

工藤はにっと笑った。

「殴られたときより、宮藤のこと黙って見ているときの方が痛かったってわかったからな。

みんなもたぶん、今日、そう感じたと思う」

「……うん」

工藤は前髪をかきあげ、あき奈から目を逸らして言った。

「おまえ、これで帰れるの？」

「工藤くんが幸せだって言ってくれたらね」

工藤は立ちあがると木の幹に手をついた。

「おまえ、このまま帰んなきゃいいのに」

「えぇー？」

「うっそ、嘘だよ」

あき奈を振り向いて笑いだす。その笑顔に、あき奈の胸がぎゅっと痛くなった。

「十年後か……」

ふうっと工藤が息を吐く。

「十年後なんて想像もつかねえけどさ……」

「そうだね……」

「なあ」

工藤が楽しいことを考えついたように目を輝かせた。

「おまえがちゃんと帰れたらさ、十年後、学園祭の日におまえに会いにいくよ。妖精のメイド喫茶ってやつ、見にいく」

「ほんと？」

「うん、俺その頃には二十六だけどさ……必ず行くよ」

胸と頬が熱くなった。なぜだろう。あき奈は両手を後ろに組んで、うつむきながらからだを揺らした。

「……とか言って、十年経ったら忘れるんじゃないの？」

「忘れねえよ」

「ほんとに？」

「うん」

工藤はあき奈を正面から見た。

「じゃあ……」

「うん……」

工藤は大きく息を吸うと、はあっと吐いて、そして言った。

「俺、おまえと会えて——よかった」

「工藤、くん……」

うちと会えて？

ほんと？　ほんとに？　工藤くん。うちもね、うちも工藤くんに会えて嬉しかったよ。

あき奈の胸が熱くなる。同時に左手の指輪が虹色に光って——光って——。

また、あの白いわた菓子の中だ。

あき奈は目を凝らして工藤の姿を探したが、もうどこにもいなかった。

「お疲れ様でした！」

聞き覚えのある声。振り向くともやの中にふたつの影が立っていた。

「三森あき奈さん。あなたは無事試練を乗り越えたんですよ」

もやを払ってイルマが姿を現した。

「ゲームクリアだぜ」

アガタが笑って手をあげる。

「じゃあ……」

あき奈はぎゅっと両手を握りしめた。

「うち……、生き返れるの？」

「はい、無事にもとの世界に戻れますよ」

「やったー！」

あき奈はぴょんぴょん、もやの中を跳ね回った。

「じゃあ、うち、学園祭に参加できるんだね！　宏美ちゃんと妖精のメイドできるんだね！　そんで工藤くんに会えるんだね！」

「……それなんだが」

ひやりと。

穏やかな調子なのに、どこか冷たい声でアガタが言う。

「残念ながら、このことは工藤にも、そしておまえにも忘れてもらう」

「ええっ!?」

あき奈はアガタに駆け寄った。

「ちょっと待って！　どういうこと!?」

「おまえは生き返る。だからここには来ていない話になるのさ」

アガタの短い言葉の意味はよくわかる。だけど理解できない。

「だ、だって、あたし十年前に行って工藤くんに会ってるじゃない」

あき奈はアガタの胸にくっつきそうなくらい近づいて、爪先立った。

「今回は特殊なケースなんだよ。おまえのターゲットに、ちょうどいい人間は工藤しかいなかった。だから時間をさかのぼっただけだ。試練に関する記憶は消える、それが死整庁のルールだ」

あき奈は激しく首を振った。

「工藤くんは十年後も覚えてるって言ってくれたよ！　うちのメイド喫茶に来るって約束したよ！」

イルマがアガタの背後から顔を出し、気の毒そうに言う。

「それもなかったことになるんですよ。あなたが工藤……ターゲットに会って彼の意志を動かしたことも、彼の記憶では、自身の意志でいじめをやめさせたと置き換えられます」

「い、いやよ！」

あき奈は男たちに摑みかかろうとした。だがその姿がすっと急に遠くなる。

「おまえはおまえの学園祭を楽しめばいい」

「これからのあなたの人生がすばらしいものになりますように」

アガタとイルマが交互に言った。

「待って！」

あき奈は彼らに向かって必死に走った。だが夢の中のように足は重く、もつれ、思うように動かない。

「さようなら、三森あき奈さん」

「あばよ！」

二人の姿はどんどん小さくなり、ふたつの音色の違う声がもやの中から響くだけだ。

「待って！　忘れたくない！　工藤くんのこと、覚えていたいの！　お願い！」

やがて、目の前が真っ白なもやで覆われてしまった。


「あき奈ちゃん、どうしたの？」

その声にびくっとからだをすくませ、あき奈は目を開けた。

段ボール箱を抱えた宏美が振り向いている。夕日が差し込む階段の途中で、あき奈は目をパチパチ瞬かせた。

「あ、ごめん。ぼうっとしてた」

「急に立ち止まるからなにかと思ったよ」

そうだ、上履きのかかとを直そうと思って。

「……ちょっと待っててね」

あき奈は腕に抱えていた段ボール箱を床におろすと、足を持ちあげてかかとを引っ張りあげた。

そのとき、ガッシャーンと頭に響くような音がして、数段上の踊り場の窓ガラスが割れた。

「きゃあっ！」

あき奈と宏美はとっさに両手で頭を覆った。バリン、ガシャンと大きなガラスの破片が踊り場に叩きつけられる。

あと数段あがっていたら、確実にこの破片のシャワーを浴びていただろう。抱き合って飛び散ったガラスを見ている二人のところに、教師や生徒が駆けつけてきた。


学園祭当日。

あき奈たち一年四組の、花で飾られた『妖精のメイド喫茶』は盛況だった。

メイドたちは幾重にも重ねたフリルのドレスにセロファンで作った透明な羽根をつけ、ひらひらとテーブルの間を回った。もちろん、メイドは女子だけでなく、男子もスカートを穿いてがんばっている。笑いを取る担当だが、彼ら自身も楽しんでいるようだった。

休憩に出ていたあき奈が戻ると、宏美が手を振った。宏美のドレスは黄色のフリルで、腰にたんぽぽの造花がつけられている。

「おかえりー」

「ただいまー。宏美ちゃん、代わるよ」

「うん、どうだった、他のクラス」

「五組のお化け屋敷がおもしろかったよ」

「へえ、あとで行ってみよう」

あき奈は宏美と一緒にパーテーションで仕切られたバックヤードに入ると、手早く着替えた。あき奈の衣装はピンクから紫に変わるグラデーションのフリルだ。宏美に手伝ってもらってセロファンの羽根をつける。

「うん、かわいいよ」

宏美がぽんとあき奈の腰を叩いた。

「裾、もうちょっと短くすればよかったかな」

あき奈はくるりと回ってスカートの広がりを気にする。

「だいじょぶだいじょぶ。じゃあ、がんばってね」

宏美が出ていったので、あき奈はトレイを持ってテーブル席に出た。

「いらっしゃいませー」

張り切って言った声に答えて、

「こんにちは」

と扉の外から顔を出したのは生物の教師だった。

「きゃあっ！　クロベー先生！」

女子から歓声があがる。

生物教師は長めの前髪の下から涼しげな目を見せ、真っ白で清潔な白衣を着ていた。

わかりやすく丁寧な授業もそうだが、顔がよくて優しいので女子にとくに人気がある。

「クロベー先生、来てくれたのー！」

あっという間に囲まれた教師のもとへ、あき奈も飛んでいった。

「入って入って！　うちのロールケーキおいしいよ！」

「あ、もう一人いるんだけどいいかな」

生物教師は遠慮がちな笑顔を向けた。

「もちろんですよー、どうぞどうぞー」

教師と一緒に入ってきたのはスーツ姿の男性だった。男性はふわふわしたドレスの妖精たちに楽しげな目を向けた。

「彼、僕の中学からの友人で、ここのＯＢなんだ。学園祭に来たいって言って……」

クロベー先生が紹介している途中で、スーツの男性はあき奈を見た。あき奈も彼を見返した。

その目を見たとき。

ふいに目の奥が熱くなった。

「え？」

突然、涙がぽたぽたと零れた。クロベー先生もスーツの男性もびっくりしている。

「ど、どうしたんだ、三森」

「あれ？　なんだこれ」

あき奈はあわてて目をこすった。

「ゴミかな？　なんだろ突然。アレルギー？」

「――おまえ、人のこと杉花粉みたいに言うなよ」

スーツの男性が呆れた声で言う。

「おまえって、うちは三森……」

「あ？　ももり？」

――デジャヴ……！　この呼び方、どこかで――。

あき奈と男は一瞬、見つめ合う。

「もうー、クロベー先生、早くー！」

別の女子生徒が教師の腕を引っ張り、二人はテーブルに着かされた。

「なんだおまえ、クロベー先生なんて呼ばれているのか？」

男が笑いながら言う。

「うん、ほら、僕の名前、宮藤〝緑朗《ろくろう》〟だろ？　それでね」

宮藤とその友人がテーブルに着いてもあき奈は動けなかった。

――なんだろう、今の感覚。すっごい前にもあったような。

「あき奈ちゃん、注文取ったらドリンク手伝ってー！」

パーテーションの裏から呼ぶ声が聞こえた。あき奈は「ごめん、すぐ行く！」とうなずいて宮藤たちのテーブルに近寄った。

「……ご注文は？」

「えっと、おまえ、もも……じゃなくて、みもり？」

「そうですけど？」

――なにこいつ。また、おまえ呼ばわり。

あき奈は唇をとがらせて男を睨んだ。

「俺、工藤っていうんだ」

「うん……？」

知っているような気がした。

知っていたような気がした。

「うち、三森あき奈だよ」

「うん」

　工藤が笑う。あき奈も笑った。胸がぎゅううっと痛くなる。

「三森さん、あとで番号――」

「おいおい、教師の前でナンパはやめろ」

　宮藤が呆れた口調で言った。

「いいじゃない、クロベー先生」

　あき奈が笑う。

「うち、今、なんかすっごい幸せなの！」

◇

「それにしても今回、ちゃんとターゲットの工藤くんが幸せになって安心しました」

　対象者リストの載っているバインダーを抱きしめて、イルマが嬉しそうに言う。それにアガタが呆れた顔をした。

「おいおい、ターゲットを幸せにするようにサポートするのが俺らの役目だろ？」

「でも直接ターゲットじゃなくて、その友人を助けることが彼の幸せにつながるとは思いませんでしたから。僕、これは時間が足りなくなるんじゃないかって心配しました」

　イルマが開いたバインダーには、三森あき奈と彼女に関わる人間たちの記録が全て載っている。

「ああ、あれな。実際は宮藤を助けて幸せになったってわけでもないだろ」

「ええ？　どういう意味です」

不思議そうに聞き返すイルマに、アガタは人差し指を立ててみせた。

「工藤が本当に幸せを感じたのは、あの三森あき奈の存在そのものなんだよ」

「はあ……？」

今一つピンとこない顔をしているイルマを、アガタは笑う。

「おまえにはまだ人間の心の動きがわからねえだろうな」

「そ、そんなことないですよ。僕だって勉強しましたから」

ムキになる後輩の頭をアガタはぐしゃぐしゃとかきまぜた。

「まあこういうのは数をこなしていけばわかるものさ」

イルマはむうっと頬をふくらませ、頭の上のアガタの手を払いのける。

「それはそうと、三森さんが過去に飛んだことで工藤くんや宮藤くんの過去も未来も変わってしまいましたが、これってアリなんですか？」

「ああ、大丈夫だ。この改変で誰かが死んだりしてるわけじゃないし、宮藤や工藤の職業が変わったわけでもない。結果的に宮藤が明るくなり、モテるようになっただけで、幸せな人間が増えたんだ。『上』にとっても願ったりかなったりだろうよ」

アガタは自分に拍手をするようにパンパンと手を叩いた。

「それにしたって十年間もの時間をいじっていいなんて、研修では習いませんでしたよ。我々が介入する時間が増えれば増えるほど、改変は大事になるからあまり手を触れないのが原則でしょう？　マニュアルでは――」

イルマがもやの中からマニュアルを引っ張りだそうとしたので、アガタは上からその手を押さえて戻した。

「時間に関しては人間一人につき一回は認められているんだ。何度も飛んだりしなきゃいいのさ」

「そうでしたっけ。でも十年……」

「三森あき奈の条件に合うのが工藤大輝しかいなかったんだからしょうがねえだろ」

アガタが背を向けて言う。

「それに同じ学園祭でまとめるとスマートじゃねえか」

「スマート」

「機械的に作業するよりドラマチックな方がいいだろ。俺はな、仕事にもロマンを持ちたいんだ」

「ロマン」

「おまえな、そんなおうむ返しに台詞を繰り返すのは、バカみたいだぞ」

アガタは額に手をあてて、「やれやれ」とため息をついた。

「でも、今回のサポートは基本、僕たちなにもしなかったですよね」

「ああ？」

アガタは呆れたような顔でイルマを見た。

「なに言ってんだ、俺のすばらしいサポートを見てなかったのか？」

「ええ？　ど、どこです」

そう言われてイルマはもう一度バインダーを手に取る。

「いいか？　いつもと違って魂だけの三森あき奈がどうして工藤大輝に触れるんだよ」

「……あ？」

「あいつらが触れ合うたびに、俺が感触を送り込んでやってたのさ、気づかなかったのか」

イルマはバインダーとアガタの顔を交互に見た。そのぽかんと口を開けたままの顔に、アガタはにやにや笑いを向ける。

「サポートってのは見えるところだけじゃねえぞ。感触を送り込むほかにも幸せにするためのアイデアを耳に吹き込んだり、タイミングよく人と出会わせたり」

「す、すみません。先輩ってさすがに口が悪いだけじゃないんですね」

「なんだよ、そりゃ」

肩を落とすイルマに背を向け、アガタはもやの中にしゃがみ込んだ。辺りを手で払いのけ、黒い空間を出す。

「さあってと、あの二人このあとどうなるかな」

「あ、だめですよ。試練を終えた人間の未来を覗いちゃいけないことになってます」

映像を出そうとしたアガタにイルマはあわてて飛びついた。

「でも気になるだろ」

「死整庁のルールでしょう？　業務以外で人間に関心を持ちすぎてはいけないというのは。マニュアルにも書いてあります」

「おまえ、マニュアルマニュアルって固いな。ひからびた餅みたいに固いぞ」

「ルールはルールです」

イルマは腰に手を置いて、しゃがんでいるアガタを見おろした。アガタはしぶしぶもやを戻し、立ちあがる。

「それにしても学園祭、楽しそうだったなあ」

「そうですね、僕も体験したいです」

「俺もああいうときは妙に張り切ってたな」

イルマがアガタの発言に首を傾げ、なにかを言いかけたとき、取り囲んでいたもやが大きく揺れた。

「あ、先輩。次のお客さんがいらしたようですよ！」

「ようし、ちゃっちゃとよみがえらせちまおうぜ」

アガタが右の拳を左手に打ちつける。二人はもやの中で途方にくれたように立ち尽くす影に向かって、ゆっくりと歩いていった。

バレンタインの天使

——ピーッ！

枕元でアラームがけたたましい音を立てている。心臓の異常を知らせる心電図モニター音だ。入院してからもう何回も聞いた。

最初はその音が恐ろしかったが、今では逆に待ちこがれている。

ああ、早く、早く、と美佳《みか》は祈る。

早くわたしを死なせてちょうだい。

松浦《まつうら》美佳は、はあっと大きく息をついた。そしてギクリとする。いつも大きく呼吸をすると決まって胸が痛くなるからだ。

だが、予想していた痛みは襲ってこなかった。

「………」

それに気分がいい。

美佳は薄く目を開いてみた。

だが、なにも見えない。目の前は白くにごっている。

「え……」

病状が進むと視力が低下するなんて説明は受けていなかったはずだ。からだを動かせない入院生活の中では、読書やテレビが唯一の慰めだったのに、それもできなくなるのか。

まだ読みかけの本も、観たい映画もあるのに……。

けれど、よく見ると、白いものはゆるやかに動いている。やがてそれがもやのようなものだとわかった。

「えっ、火事――!?」

あわてて飛び起きて、そして美佳はそのことに驚いた。

「わたし、起きあがれる……」

目の前に手を差しだしてみた。

病院で着ている白い寝間着のままだったが、いつも腕に刺さっている栄養剤の点滴チューブはない。

十八歳という年齢の割には細い腕、細い指。その指を動かしてみる。ちゃんと動く。足も、白いもやの中で膝を立てることができた。

「もしかして……立てる?」

周りを見回すと嫌というほど見慣れた病室ではない。延々と続く白い世界。

手を置いているところにはちゃんと感触があったので、美佳はそれを支えにゆっくりとからだを動かしていく。

ここ数年、リハビリで療法士にからだを支えてもらって動かす以外、自力で動いたことはない。筋肉がかなり衰えていたと思ったが――。

「あ、すごい……」

思い通りにからだが動く。ふらふらするがなんとか立ちあがることができた。自分の足で自分のからだを支えるのは何年ぶりだろう。

「どうなってるの、これは夢なの？」

「狭間の状態だよ」

不意に背後から声をかけられ、美佳はひゃっと悲鳴をあげながら、胸を押さえた。

「だ、誰？」

振り向くとスーツを着た男性が二人、立っている。背の高い中年の男性と、若くてきれいな顔をした青年だ。

「誰なの？　医者《せんせい》じゃないわね。葬儀屋さん？」

「はは。今までいろいろ言われたが葬儀屋に間違えられたのは初めてだ」

中年男は陽気に笑って大げさに頭をさげた。


「つまり、わたし、死んだの？」

一通り死整庁の説明と二人の自己紹介を聞いた美佳は、期待を込めた声をあげた。

――ここがあの世というわけか。

だとしたらこの白いもやのような雲のようなもので満たされた場所も納得できる。

だが、アガタと名乗った中年男は首を振った。

「いや。現代のように医学が発達すると、昔のように簡単に死ぬことができなくなった。今、おまえのからだは懸命な医療活動によって、ぎりぎりのところで死を食い止めている状態だ。おまえはいわば幽体離脱みたいな感じでこの生と死の狭間の世界に来てる。まあ今までもそういう例はあったけどな」

「僕は初めての体験です。死亡されてない状態の方とお会いするなんて」

イルマという若い青年は興味津々な目で美佳を見ている。

「死んでいないのに対象者リストに載るなんて、レアなケースですよね」

「まあ、そうだな。イレギュラーケースと言ってもいいかもしれん」

なんだか珍獣か実験動物扱いなような気がして、美佳はむっとした。

「悪かったわね、死んでなくて。わたしだってせっかく死ねたと喜んでたのよ」

その言葉にイルマが驚いた顔をした。

「し、死ぬのを喜んでた？」

「そうよ」

美佳は語気を強めて言った。

「どうせ死ぬんだから、早いとこそうしてほしいんですけど。発作が起こると苦しいばっかりで全然よくならないし、薬も注射も寝たきりの人生も、もうたくさんなの」

まくし立てる美佳にアガタは落ち着いた様子で手を振った。

「そうは言ってもな……。おまえのからだはまだ生きたがっているし、おまえの家族も、治療に当たっている人間たちも決して諦めていな――おい、どこへ行くんだ！」

「松浦美佳さん!?」

アガタとイルマがあわてて追いかけてきた。美佳が話の途中で勝手に白いもやの中へと歩きだしたからだ。

「天国よ。死にかけてんでしょ、わたし。ちょっとフライングだけど早く連れてってよ。それともまさか、」

美佳は頬に両手を当てた。

「まさかわたし地獄行き？　入院ばっかりで親に迷惑をかけた罪で地獄行きとか？　そんなのないよ！　好きで病気になったわけじゃないし！」

「違うって！」

「違いますよ、ちょっと落ち着いて、話を聞いてください」

アガタとイルマは美佳の前に立って手を広げた。

「地獄へは行かない？」

美佳は恐るおそる聞いた。イルマが笑みを浮かべてうなずく。

「行きませんよ、まだ死んでないんですから」

「よかった……」

ほっと力を抜いた美佳は、大きく息を吸った。

「とっても気分がいい。歩いてもしゃべっても心臓が苦しくない。今ならわたし、走れるんじゃない？」

「そりゃあ今は魂だけですから、走ったり飛んだり跳ねたりもできますが——ちょっと！」

美佳はいきなり男たちの前から走りだした。膝を曲げてジャンプして、もやを蹴散らして転げ回ってみる。

「すごい！　こんなことやったことない！　楽しい！」

どこまで走っても息が切れない。美佳は叫び声をあげながらもやを蹴散らして駆け回った。白いもやは分厚い雲のようにも見えるが、触れればゆるやかに動き、また閉じる。足元はほどよく弾力があって、どんなに飛び跳ねても柔らかく受け止めてくれた。記憶を探ってもこんな体験は初めてだ。

「ああ、こんなことなら早く死ねばよかった！　病室でチューブや注射や薬づけの毎日を送っているより自由だし楽しいし！」

「ちょ……待って、待って。だから死んでないって。待ってくださいってば！」

アガタとイルマが追いかけてくるのも楽しくて、美佳は二人の前でぴょんぴょん弾んでみせた。

「見て見て！　こんなに高く飛べる！」

「それは……いいから……とにかく……落ち着いて……」

がしっと両肩を摑まれ、美佳はしぶしぶ跳ねるのをやめた。死整庁の担い手だという二人がぜーぜーと肩で息をしている。

「と、とにかくここに座れ」

アガタがそう言って手を振ると、今までなにもなかったもやの上に、魔法のように、白いテーブルと椅子が現れた。

テーブルの上にはコーヒーサーバーとカップが置かれ、いい香りがしている。

「コーヒーを飲んでみたい、と思っていらっしゃいましたよね」

椅子に座ったイルマがガラス製のサーバーからコーヒーを注いでくれる。美佳は繊細なデザインのカップに目を細め、恐るおそるそれを手にした。

一口すすってみる。香りが鼻を刺激する。舌の上に載った液体は苦い。しかし、どこか奥に甘さや酸味も感じられた。すうっと喉の奥に入り、胸や胃があたたかく広がる感じがした。

「おいしい……おいしいと、思うわ」

美佳はため息をついた。

「カフェインも禁止だからコーヒーに憧れていたの。よく知ってるわね。とてもいい香り」

「気に入っていただけて、よかったです」

イルマがにっこりしてクッキーも勧めてくれる。美佳は白い粉砂糖が振られたクッキーをつまんで口に入れた。さくり、ほろりと崩れる甘さが心地よい。

「さっきも言ったがおまえは今、狭間の世界にいる。生きるも死ぬもおまえの意志だ。だが、俺たちの希望としてはおまえに生き返ってもらいたいんだ」

　アガタが落ち着いた声で話しかけてきた。

「えええー？」

　それに美佳は心底嫌そうな声をあげる。

「あなたたち、知ってるの？　わたしがもう何年あそこに入院しているか」

　イルマが分厚いバインダーをテーブルの上に載せた。

「知ってますよ。松浦美佳さん」

「あなたは四歳のときに今の病気を発症し、それから十四年、ずっと入退院を繰り返していらっしゃいました」

　ぱらりとめくった箇所に幼い女の子の写真が貼ってあった。

「心臓に病巣を抱えているため、スポーツも通学も制限され、最近では病状が悪化して、ほとんどベッドから下りることもできないんですよね……」

　言いながらイルマがきれいな顔をつらそうにしかめる。

「そうよ、わかってるじゃない。こんなの十八の女の子の人生って言える？　起きてるときは苦しいばっかりで、眠りにつくときは毎回もう目が覚めないいんじゃないかって不安で恐ろしくてたまらない。もう嫌なの、こんなの。それよりここで走ったり大声出したりしている方がずっといいわ」

カチンとカップをソーサーに置いた美佳に、アガタが首を振った。

「ここでいくら走ったり声をあげたりしても意味はないぞ。ここの時間は止まっている。おまえがここで成せることはなにもないんだ」

「せ、先輩、そんな言い方ってないでしょう」

イルマが焦った様子でアガタの腕を引っ張る。

「それでも苦しいよりマシだわ。パパやママの悲しい顔を見るより全然マシ……」

美佳は膝の上で拳をつくって二人の男を睨みつけた。

「困ったな」

「松浦美佳さん、落ち着いてください、ね？　生きていれば病気だって治るかもしれないじゃないですか」

アガタは言葉ほど困っていなそうだったが、イルマの方は本当にオロオロしている。

「あなたにわたしの未来がわかるわけ？」

「いや、それは――」

「適当なこと言わないで。わたしはもう二度とベッドに縛りつけられたくないんだから」

アガタは椅子の背にもたれ、バリバリと頭をかいた。

「――まあ、ときにはおまえのような人間も来ることがある。狭間の中で、生よりも死を望むやつが」

「でしょう？　生きているだけでつらい人は大勢います」

美佳の言葉にイルマが、小さな声で言った。

「あなたがそうとは限らないと思いますが」

「そうに決まってるでしょ」

即座に言い返した美佳にイルマは沈黙した。悲しげな気配を察して、美佳は気まずくなった。

「ではこうしよう」

アガタが勢いをつけて身を乗りだした。

「いつもはここへ来た人間に、ある条件をクリアして生き返ってもらっていたが、今回は特別におまえには死ぬ権利をやる」

「ちょっと、なに言ってるんです？　先輩だけの判断で、そんなことしていいんですか！」

イルマが驚いて言った。

「松浦美佳の今までの状態を考えると、それもアリだと思うがな」

「そんな――」

「アリよ、大アリよ！」

美佳は二人の間に割って入った。

「なにをすればいいの？　なんでもするわ、このまま死ねるなら」

「美佳さんっ！」

叱責するようなイルマの方には向かず、美佳は死を与えてくれる男、アガタを食い入るように見つめた。

「どうすればいいの？」

「簡単だよ」

アガタは美佳の両手を握った。

「おまえが誰かを幸せにすればいい。そいつが心からの幸せを感じたとき、おまえの望みは叶えられる」

「幸せに？　誰を？」

「待ってください」

イルマがあわててアガタの肩を抱いて、美佳から引きはがした。

「待ってください、そうじゃなくて……っ」

「そうじゃなくて？」

アガタが意地の悪い笑顔をイルマに向ける。

「どうしたいんだ、新人」

イルマは手を握ったり閉じたりして言葉を探していた。

「だ、だって——僕たちの仕事はよみがえってもらうことじゃないですか。死ぬ人を減らしてできるだけ長生きしてもらって……。職務違反ですよ、それじゃ」

「しかしな、松浦美佳は死ぬよりつらい現実を日々送っているんだぞ。彼女は自分が死ぬことが幸せだと言っている」

なあ？　とアガタは美佳の顔を見、美佳も大きくうなずいた。

「だけど、でも、そんな」

「なんだ？」

「なによ」

アガタと美佳が声を揃えてイルマを振り向く。

「死――死んだら、おしまいなんですよ？　美佳さんの人生は終わってしまいます。美佳さんはまだ十八歳です。この先の未来が、どうなるかわからないじゃないですか……」

イルマの言葉は湿りけを帯び、力なく消えていった。うつむいて前髪で顔を隠したイルマは泣いているようにも見える。

「わかったよ、しょうがねえなあもう」

アガタはガリガリと頭をかいた。

「松浦美佳」

「……なによ」

美佳は腕を組み、ぶっきらぼうに答えた。

「試練を果たしたらおまえの願い通り死を選ばせてやる。だけど、その最後のとき、もう一度確認する。おまえが本当に死にたいのか、それとも生を選ぶのか」

「――そんなことありっこないわ」

美佳は目を閉じ、首を振った。

「わたしは、死・に・た・い・の」

一言ずつ区切って言われた言葉にイルマがまた悲しそうな顔になったが、美佳はそれを無視してアガタを見る。

「まあ、結論を急がなくてもいいさ。よし、受理だな」

アガタは書類に判を押した。イルマはそれを恨めしそうに見る。

「でも、わたし寝たきりなのにどうやって人を幸せにするの？」

キラキラ光る不思議な判子の跡を確認し、美佳がアガタに視線を移した。

「少し反則技を使う、サポートは任せろ」

アガタがにやりとした。

「反則技……？」

「すぐにわかるさ、楽しみにしてろ」

不安しかないんだけど、と美佳は口の中で呟く。

「さあ、目を閉じろ。再び開いたときから試練は始まる。タイムリミットは……」

アガタはテーブルの上の砂時計に目を走らせた。

「――六時間、それまでに誰かを幸せにするんだぞ」

「ああ、死にたい」

——え？

いきなり声が頭の中に響いて、美佳は驚いて目を開けた。

視界の中に飛び込んできたのは、制服らしきひだのあるチェックのスカートの下から覗く白い膝小僧だ。

——なに？　今度はどこ？

ほかに見えるものはない。というか、視界もからだも美佳の思う通りには動かず、まるで拘束されて映画を観せられているような状態だった。

不意に視界が持ちあがり、葉の落ちた木や小さな滑り台のある公園の風景が見えるようになった。

「私ってなんでこんなに意気地がないの」

声がすぐ近くから、まるで頭の中で響いているように聞こえる。

『誰？　どこにいるの？』

美佳は思わず話しかけた。すると視界が急激に左右に振られた。

「誰？　今の！」

同じようにあわてた声で返事が来る。その反応と見えている状況から、美佳は自分が見知らぬ他人、たぶん女性の中にいることを悟った。

——〝反則技〟ってこういうこと？

もやの中で出会った死整庁の男の言葉を思い出す。おそらくベッドで寝たきりの自分のからだから、魂だけ別の人間の中に入れられたのだ。

しかも、からだの持ち主とは意思疎通ができるらしい。この状態で誰かを幸せにするなんて――。

――そうか！

美佳は最初に飛び込んできた声を思い出した。このからだの持ち主はこう言っていた。死にたい、と。

――わかった、わたしが幸せにする相手。

美佳は心を決めた。とりあえず動きやすくするために、このからだの持ち主とコンタクトを取ることにしよう。

『ねえ』

優しく小さく呼びかけてみる。

「きゃあっ！」

瞬間、視界が激しくぶれる。どうやら飛びあがったようだ。

『ねえ、落ち着いて聞いて。わたしは美佳、松浦美佳よ』

「誰なんですか！　さっきから、どこにいるんですか？」

声の調子で若い女性――少女だとわかる。

『わたし、あなたの中にいるの』

「な、中？　どういうこと？　っていうか、やめてください！　出ていってください！」

少女は泣き声をあげた。

『出ていけないのよ、少なくともあと六時間は』

「なんで？　どうして私の中にいるんですか？　あなた誰なんですか？」

腕が強く押さえられた感触があり、少女が自分のからだを抱いているのだとわかる。

『だから松浦美佳よ。あなたは誰なの？』

「あ、私は小西真菜《こにしまな》……です」

びくついたような声だが少女が答える。素直な性質《たち》らしい。

『そう、真菜ね。とりあえず座ってよ、状況を説明するから』

美佳の言葉に小西真菜はふらつきながらベンチに座った。美佳もお尻の下に固い感触を覚える。

『わたしはね、今入院している病人なの。それで死にかけているのよ』

「し、死にかけて……？」

真菜の声がひっくり返る。

『そう。わたしはこのまま死んでさっさとあの世に行きたいんだけど、現代医学が進歩しすぎたせいでなかなか死ねないのね。で、ちゃんと死ぬためには条件が――』

「ちょ、ちょっと待ってください。まさかさっき私が死にたいって言ったからあなたが来たんですか？　あ、あれは嘘だから、冗談ですからね！」

小西真菜が美佳の言葉にかぶせるように言って悲鳴をあげた。話を遮られ美佳は苛ついたが、努力して優しい口調で語りかける。

『落ち着いてよ、どういう基準であなたが選ばれたのかはわかんないけど、べつにあなたを死なせやしないわよ。それどころか、わたしはあなたを幸せにしにきたんだから。いわば守護天使みたいなもんよ』

少し大げさに言ってみる。考えてみれば同世代の女の子と話すのはずいぶん久しぶりだ。死整庁の人たちと話すのとはやっぱり違って楽しくなる。

「守護天使……？」

真菜の気持ちがふわっとあがったのをダイレクトに感じた。女の子は天使やパワーストーンなどといったスピリチュアルなものに弱い。

——そうよね、あの死整庁の人たちも背中に翼のひとつも生やしていれば、女性受けするでしょうに。

『あなた、なにか悩みがあるんでしょ。冗談でも死にたいなんて言ったんだから。きっとわたしが幸せにしなきゃなんないのはあなたなんだわ』

「幸せに……？」

『そう、さっき言ったわたしがちゃんと成仏できる条件。それは誰かを幸せにすることなのよ』

守護天使、という言葉はかなり効いたようで、そのあとの話はスムーズだった。

真菜は美佳よりひとつ年下の高校二年生でこの公園の近くに住んでいるという。驚いたことにこの場所は美佳の入院している病院のすぐ裏だった。

今日は平日だが授業は午前中で終わり、真菜は学校からの帰り道、一人この公園に来たらしい。

『病院の裏に公園があるなんて、十年以上も入院してて知らなかったよ』

「そんなに長い間入院しているんですか……」

『そうよ、もううんざりなのよ。だからさっさとあなたを幸せにしてこの世からおさらばしたいの』

真菜の視線が入院している病院を見あげた。きちんと並んだ窓が青空を反射している。

「あそこにいるんですか」

『うん。外から見ると結構きれいね』

「はあ……」

『病院の話はどうでもいいわ。それで？　あなた、なんで死にたいなんて言ってたの？』

「そ、それは……」

頬がかあっと熱くなる。真菜の恥ずかしがっている感情が、美佳にも伝わってきた。

『守護天使に隠しごとはなしにして。でないと幸せにできないよ』

「は、はい」

真菜はベンチに置いてあった紙袋を引っ張った。

「これなんですけど……」

紙袋からぞろりと毛糸で編んだものが出てくる。暖かそうな細長いもの。

『マフラー？』

「はい」

ずるずるずる、と紙袋の中から出てくるのだが……。

『ちょっと。なにそれ』

ずるずるずる。まだ出てくる。

『……長すぎない？』

ずるずるずる……。

「初めて編んだんです。夢中で編んでたらこんなになっちゃって」

申し訳なさそうに真菜が見せたそれは、普通のマフラーの五倍ほどの長さがあった。

「私、集中しちゃうとそればっかりになっちゃって」

『首が三つくらい巻けそう……』

「そうなんですよ～」

『まさかマフラーの失敗で死にたいなんてふざけたことを……』

美佳の怒りを感じ取ったのか、真菜があわてて首を振った。

「違います！　違います！　そんなんで死んでたら命がいくつあっても足りません！」

『そりゃそうよね。で？　マフラーがなにか関係あるの？』

「それが……えぇっと……」

この期に及んで言葉を濁す真菜に、美佳は苛々して怒りの言葉を浴びせた。

『いい加減に覚悟を決めなさいよ、わたしだって時間制限があるんだから！』

「じ、時間制限？」

『そうよ、言ったでしょ、あと六時間だって。一秒だって無駄にできないの、ちゃんと話しなさい』

「あっ、はい。あの、実はこれをプレゼントしようと思って」

視線がマフラーに向く。

『……これを？』

「はい……」

ベンチのほとんどを占領しそうなこの超長いマフラーを？

『相手は象なの？　それともキリン？』

「い、いいえっ！　人間です！　象とかキリンとかじゃなくて、ちゃんと人間でかっこよくて素敵で優しいんです！」

『……誰なの？』

「か、加藤《かとう》さんです」

『だから、誰！』

真菜は歩いて数分ほどの私鉄の駅にやってきた。正確には中にいる美佳と一緒に、ということになるが。

「あ、あの人です」

柱の陰から覗くと改札の横の駅員室に紺色の制服を着た眼鏡の駅員がいる。

今、老婦人が窓口に話しかけていて、それにうなずき、左手を大きく伸ばし、切符売り場を指し示したところだった。

年は二十代後半だろうか。すらりとして眼鏡の奥の瞳が優しそうだ。

「はー……今日もかっこいいです……」

『駅員さん？』

「はい、朝と夕方、水曜と金曜以外はあの加藤さんがいるんです。毎朝おはようございますとかいってらっしゃいとか声をかけてくれるし、帰りはおかえりなさいって言ってくれて、こ、この間なんかは、なんと、寒いですね、なんて話しかけてくれたんですよ！」

きゃーっと真菜は口元に拳を当ててじたばたと地面を蹴った。

『ちょっとやめて。はたから見たら怪しい人だよ』

「あ、す、すみません」

真菜は、はあはあと息を弾ませている。

彼女の熱い恋心が美佳にもよく感じ取れた。からだの中が熱くなって、ドキドキと心臓が脈打つ音が全身に響いている。

『あの人にそのマフラーをあげたいの？』

「はい」

この子に幸せを感じてもらうのはけっこう簡単かもね、と美佳は、真菜の感情の昂りを微笑ましく思いながら考えた。

単純そうだし……もしかしたら女子高生ってみんなこんな感じなのかしら。

『なんでマフラーをあげたいの？』

「な、なんでって」

からだの中がまた熱くなる。一瞬もじっとしていられない、沸き立つような気持ち。

これが恋なのか、わたしにも初めての感情だわ。

嬉しくて楽しくて、でも少し不安。もし、こんな気持ちを、入院している間に自分のからだで感じたら、心臓なんかもたないわね。

美佳は浮遊感から一緒に叫びだしたくなるような、いまだ味わったことのない魅惑的な感情を抑えつけた。

『おはようとか、おかえりとか、言われただけで好きになっちゃったの？』

「だって」

真菜は顔を押さえた。

「私、男の人とまともに話した覚えなんて……学校の先生とか塾の先生とか親戚とかくらいで。今は女子校だし」

『小学校とか中学とかで話したでしょう』

真菜がうつむく。美佳の視界が真菜の靴だけになり、もじもじと擦り合っているのを見る。

「私、気が弱くて人とうまく話せなくて……勉強くらいしか取り柄がなくて。小学生のときはガリ勉とか暗いとかキモイとか、男子が声をかけてくるのはそんな意地悪を言うときばっかりだったんです」

『ああ、つまり優等生だったのね』

「……そんなわけじゃないです。親が医者だから私も医者になるんだろうってみんなに思われてたからがんばってるだけで」

浮きあがっていた気持ちがどんどん沈み込んでくる。真菜にとって同級生の男子というのは敵でしかなかったようだ。

『今日はあの人の誕生日かなんか？』

「やだ、美佳さん、今日はバレンタインですよ!?」

真菜に驚いたように言われて美佳も驚いた。

『バレンタイン？　あ、あーそうか、そうか、そんなイベントがあったね』

「もう、なに言ってるんですか。女子には一番大切なイベントですよ」

月毎の行事など、病院のベッドにいてはわからない。カレンダーは美佳にとってはただ過ぎる日を示すだけの無意味なものだ。病室の壁から取り外して何年も経つ。

『だってバレンタインなんて、小学生のときに一度やったくらいだったもの』

美佳は不満そうな口調で言った。

「そうなんですか？　チョコあげたい人いなかったんですか？」

『それ以降はずっと入院中だったからね』

「あ……」

真菜がしゅん、とした気配が伝わってきた。

『気にしないで。それよりあげるなら早く……』

「美佳さん、その、小学生のときチョコあげた男の子とはどうなったんですか？」

不意に真菜が顔をあげて聞いてきた。美佳は、自分のではないはずの心臓がドキンと動いたような気がした。

『ど、どうなったって、そんなの小学校三年生のときだよ？』

「あれ？　なんか美佳さんドキドキしていませんか？」

楽しげに言われて美佳はうろたえた。美佳が真菜の気持ちを感じ取れるように、真菜も美佳の感情がわかるのかもしれない。

『し、してるわけないでしょう！　わたしのからだじゃないんだから。それにそのあと最初の発作が起こって入院したんだもの、どうしようもないわよ。その子とはそれっきりよ』

「そうなんですか……」

また真菜がしゅん、とする。気分が盛りあがったりさがったり、忙しい子だ。

『だ、だからわたしの話はいいって。要するにその、少し、かなり、長すぎるマフラーをあの駅員に今日あげればいいんでしょう？　行きなさいよ』

「だって、でも」

真菜は柱に寄りかかった。

「朝からずっとあげようと思ってたんだけど、いざ渡そうとすると人が来たり、加藤さんがホームに行っちゃったり、なにより恥ずかしくって出ていけない……」

『なに意気地のないこと言ってんのよ！』

「だ、だから、情けなくて死にたいって……」

真菜はずるずるとしゃがみ込んだ。

「美佳さんにはわかりませんよ。私なんて二年間ここ通って、おはようございますって言うのが精一杯なんです。私かわいくもないし、スタイルいいわけでもないし。こんなときテストの点数がいいとかって全然関係ないんですよね。そんなつまんない子がいきなりプレゼント……しかもこんな手作りのマフラーなんてあげたら……明日から挨拶もしてもらえなくなりそうで」

『真菜は……かわいくないの？』

「……言われたことありません」

美佳は重要な事実に思い当たった。

『ちょっと、わたしあなたの顔知らないのよ。見えないし。どこか鏡ないの？』

真菜は首を縦に振るとすぐ近くにあった駅のトイレに入った。鏡に顔を映してみる。

そこにあるのは重たげな前髪が目にかかるほど伸びた、背の低い女の子の姿だった。艶のあるきれいな黒髪だが、どうも一本一本が太いらしく後ろでひとつに結んでいるさまは、まるでほうきの尾ようだ。

「ど、どうですか？」

『たしかにかわいいとは言い難いかも』

真菜は正直な美佳の言葉にわっと手で顔を覆う。

「やっぱりいぃぃぃぃっ」

『でもちょっと待ってよ。真菜、手をおろして顔をあげて』

真菜は鼻をぐすぐす言わせ、涙目になりながら鏡に顔を映した。

『なんで髪の毛が多いのにこんなもっさりした髪形にしてんの？』

「も、もっさりしてますか？」

『してるわよ。ちょっと前髪横に分けてみて』

「で、でも私おでこを出すと大福みたいだって、いとこのお兄ちゃんに言われて」

『いいから』

美佳は真菜の前髪を分けさせた。そのあと、後ろでひとつにくくっていたゴムをふたつに切らせ、太い束になっていた髪を分けて頭の上でツインテールに結ばせた。

『ほら、すっきりした。大福みたいって言われたの、いつの話よ』

「小学校五年生……」

真菜は答えながら食い入るように鏡の中の自分を見ている。

そのとき、美佳は真菜の心の中から、昔の記憶を感じ取った。真菜はそのいとこが好きだったのだ。

数少ない話せる異性の一人。なのに、その彼から傷つく言葉を言われて、それ以来ずっと自分の顔を隠してきたのだ。

彼にとってはなにげない言葉。でも、真菜にとっては身動きが取れなくなる呪いに等しいものだったのだ。

『ほんとは美容院に行って髪をすいてもらった方がいいんだけどね。髪も染めて、少し明るい色にして軽く見せた方がいいって』

「うちの学校染めるのは禁止なんです」

『じゃあ卒業したらやってみて。あと、服なんだけど、何枚着てるの？　ブレザーの下もこもこじゃない』

「だ、だって寒くて」

『おしゃれ女子は寒さなんて我慢しなさい。セーターの下に毛糸のベスト着てるよね、それ脱いで』

「は、はい」

『あと、スカートもう少し短くできる？』

美佳は真菜にスカートをあげさせ、ベストも取らせた。これで少しは細身に見える。

『シャツのボタンもひとつ外して。抜け感が大事っていうでしょ？　ほら靴下も三つ折りじゃなくて伸ばして！　あと、あんた唇の色悪いわね。色つきリップどこかで買おう』

「は、はい」

真菜はトイレからすっとんで出て、駅近くのドラッグストアに向かう。

「美佳さん、すごいですね。おしゃれ上級者ってやつですね」

ワクワク心が弾んでいるのがわかる。その気持ちと久しぶりに風を切って走る感覚が気持ちよくて、美佳はつい口を滑らせた。

『ベッドの上じゃ本を読んだりテレビを見たりするしかないもの。わたしだって元気ならミニスカートで走り回りたいよ』

「美佳さん……」

とたんに心の中に悲しみが広がり、真菜の足取りが重くなる。美佳にはそれが自分への思いだということがわかる。

他人からの同情を久しく受けていなかった美佳は少しあわて、わざとつんけんした調子で言う。

『ちょっと、同情するのはやめてよ。わたしだってちゃんと死んだら走り回れるんだから』

「は、はい。そうですね」

真菜は気を取り直して再び走って道路を渡り、賑やかな音楽が流れる店に入った。

『そのピンクのがいいんじゃない、それじゃなくて横の三一二番。……ううーん、もう少し甘い色がいいかな。でも、実際唇に塗ると色が変わるのか』

ドラッグストアのリップコーナーで、美佳は真菜を鏡の前に立たせ、あれこれと試させる。

ようやく気に入る色を見つけ、購入する。リップを買うのも、いや、買い物自体ずいぶん久しぶりで美佳もいつしか心から楽しんでいた。

「美佳さん、ありがとう」

小さな紙袋を大事に手の中に抱え、真菜が小声で礼を言う。さすがに人目があるところで一人でしゃべっているのはおかしいので、気をつけているようだ。

『こちらこそ。久しぶりの買い物で楽しかった！』

「私、友達と買い物することも全然なくて」

『……あなた、まさかいじめられてるの？』

「そ、そんなんじゃないです。ただ、あまり話の輪に入っていけなくて」

美佳の心の中に、教室で一人ぽつんと机の前に座っている真菜の姿が浮かんだ。ひどくいじめられているわけでもないが、空気のように目立たない存在。

「美佳さん、なにか食べませんか？　と言っても私が食べるんだけど、そうしたら美佳さんも味わえるんじゃないでしょうか」

真菜が気持ちを切り替えるように明るい声を出した。

『あ、そうね！　嬉しい！　なに食べる？』

「なににしましょうか？　美佳さんの食べてみたいものでいいですよ」

『ええーっ！　な、なににしようかな。ハンバーガー？　ラーメン？　たこやきにフライドポテト……』

「美佳さん、そんなものでいいんですか？」

真菜が笑いながら言う。

『だって病院じゃ絶対に食べられないもの。あ、クレープ！　クレープがいい。イチゴとチョコとバナナが入っているの！』

「はいはい。それならすぐ近くにありましたよ」

ドラッグストアを出て、駅前の大通りを横切り路地に入る。いろんな店が並んでいるなか、クレープ屋さんのかわいいピンクの屋根が見えた。

真菜は美佳のリクエスト通り、イチゴとバナナが入ったチョコレートクレープを注文した。美佳は漂ってくる甘い香りを嗅ぎ取り、店員が丸い台の上でクレープ生地を薄く丸く伸ばすのを見つめていた。

イチゴとバナナ、それに波形の生クリーム。チョコチップとスライスアーモンドが載せられるのをワクワクしながら待った。

やがて店員から三角に巻いたクレープを受け取った真菜は、店先で立ったまま豪快にかぶりついた。

「どうですかー、味、わかりますか?」

もぐもぐと口を動かしながら聞いてくる。

『わかる、わかるよ! 甘ーい! おいしー! 何年ぶりだろ、外でなんか食べるのって!』

「おいしいですか? よかった」

『ほんと、嬉しい! ここしばらく点滴だったからこうやって口を動かすのも嬉しい。クレープ柔らかいねー、この、この、アーモンドスライスときたらたまんないわ』

「美佳さんが喜んでくれて私も嬉しいです」

あっという間にクレープを食べ終えた真菜は、目の前のガードレールに腰を下ろして道を行く人たちを眺めた。美佳がそうしたいと言ったからだ。

『みんな急いでいるわねえ』

せかせかした足取りで目の前を行き過ぎる人たちを見て、美佳がつぶやく。

「そうですね。寒いからかな」

『うん、寒いけど……気持ちいい』

真菜は突然、胸に手を当てる。

「美佳さん」

『……なに？』

「なんか変な感じ。美佳さん、今、楽しいけど悲しいんですか？」

『………』

　美佳は黙り込む。真菜は返事を待っていてくれた。

『そうね、……楽しいけど悲しいかな』

「どうしてですか？」

『だって、わたしは目の前のこの風景の中にどうやったって入れないもの。わたしの本当のからだは病院のベッドの上。こうやっていてもあなたの中にいるだけ。わたし自身はなにとも触れ合えないし、なにもできない』

「そんなことないですよ！」

　真菜はそう叫んでガードレールの上から飛びおりた。道を行く数人が驚いた顔でちらっとこちらを見る。だが真菜は気にしなかった。

「美佳さんは私を変えてくれたじゃないですか。もっさりしてた髪形や制服をおしゃれに直してくれて、リップも選んでくれたじゃないですか！　私の相談に乗ってくれたじゃないですか！」

『ちょ、ちょっと、声が大きいよ』

「この風景の中に入れないってなんですか。美佳さんはまだ生きているんですよ！」

『真菜……わかったから、ちょっと落ち着いて、声を落として』

美佳がなだめると、真菜は膨れっ面でガードレールにもう一度寄りかかった。

「わ、私——この短い間だけど、美佳さんと一緒にいられて楽しかった。美佳さんが驚いたり喜んだりすると、私の胸もドキドキして、いつも見てた風景もなんだか初めて見たみたいに楽しくて……」

『それは……わたしがずっと入院してる人間だから』

「そうですね、美佳さんの気持ち、よくわかります。美佳さんも私の気持ちがわかっていると思う。私、気持ちが通じ合っているっていうこの感覚、なんだかとても嬉しいんです」

真菜の胸が、美佳の胸が、ぽっと温かくなる。嬉しい気持ちを向けられること、好意を向けられること、そんな感覚は美佳にはずいぶん久しぶりで、それが思ったよりドキドキすることに、美佳はうろたえた。

『もうわたしのことはいいからさ。マフラー渡しに行こうよ。今のあなたならあの加藤って駅員さんもかわいいって思ってくれるよ』

とたんにかーっと真菜の全身が熱くなる。

「か、かわいいって、いや、そんなの思ってくれなくてもいいんですけど、じゃなくて、かわいい方がいいけど、あの、でも、どうしよう」

真菜が身もだえる。

全身がくすぐったい。憧れとかときめきとか、少女マンガのお題目のような感情をリアルに体験できて、美佳は笑いだしたくなる気持ちを抑えた。

――恋をするって楽しいなあ。こんなにワクワクして、まるでさっきもやの上で全速力で走ったときみたいなふわふわした気持ち。恋をしたことのないわたしがこんな感情を知ることができるなんて。わたしの方が幸せみたい。

『ねえ、早く行こう。マフラーを渡して真菜の思いを伝えようよ』

「は、はい」

真菜はまた走りだした。なんて元気なんだろう。なんて力に満ち溢れているんだろう。スニーカーがアスファルトを踏む感触。二月の冷たい空気が頬を切る感触。流れる白い息、紙袋を握った手が熱い。生きている、生きているから**だ**。前を向いて進む胸。

『真菜、もっと走って！』

「はい！」

十七歳の女の子の溌剌とした動きを、美佳は思いっきり体感していた。


『いる？』

「い、います」

駅の中、柱の陰から頭だけを出して、真菜は様子をうかがっている。

改札の横の駅員室に加藤という駅員がいる。電車を降りた乗客の精算をしたり、これから乗る客に案内をしたりしている。

『なかなか客が切れないわね』

「そうなんですよ」

真菜はマフラーを入れた紙袋の持ち手を握りしめた。

『駅員さんだって一日中仕事ってわけじゃないんでしょ。トイレ行ったり食事行ったり、休憩時間があるはずよね』

「そ、そうだと思います」

『しばらくここで見張って、あの場所を離れるのを待ってみるか』

チラッと真菜が顔を動かして時計を見る。

「そうですね……でも、いつになるかわかりませんよ？」

『まずいわね、わたしには時間は……あともう四時間しかないのよ』

「四時間……さっき言ってた時間制限、ですね」

『そう。わたしは絶対にあなたに幸せになってもらわなきゃいけないの』

言いながら美佳はある可能性を考えてどきりとした。

もし、万が一、加藤さんがマフラーを受け取ってくれなかったら……真菜は幸せになれない。

「大丈夫ですよ、美佳さん」

美佳の不安を感じ取ったのか、真菜が囁いた。

「私、受け取ってもらえなくても、不幸にはなりません。絶対、絶対、不幸じゃありません」

『真菜……』

そのとき、加藤が窓口から動いた。

『あ、出てきた！』

別の駅員と挨拶を交わし、加藤が駅員室を出る。

『行くよ、真菜。途中で捕まえよう！』

「は、はい！」

真菜は紙袋を両手で胸に抱き、加藤のあとを追いかけた。

この駅の事務所はちょうど改札前の中央通路のまん中にある。幸い、平日の午後なので通路を通る人も少ない。

走ってきた真菜の足音に気づいたか、加藤が立ち止まって振り向いた。

『やった！　今だ、今渡すのよ！』

「あ、あ……」

真菜は不思議そうに自分を見つめる加藤の視線を受け、真っ赤になった。

「あ、あの、」

真菜がぎゅっと紙袋を握りしめる。

「私、あの、私……」

心臓が痛い。全身が熱い。頭がくらくらして目の前がチカチカする。

美佳も真菜の感情にあてられ、からだが落ち着かずむずむずするような気がして自分の身を掻きむしりたくなった。

――早く、早く渡しちゃって！　この絞りあげられるようなもどかしい思い。早くケリをつけたいのよ！

だが。

「だめっ！」

真菜はそう叫ぶと加藤の前から身を翻し、通路を逆に駆けだした。

『ちょっと、ちょ……っ！　なにやってるのよ』

「やっぱりだめ！　できない！」

『なに言ってるの、あと少し、もう少しだったのに』

「だめです、絶対だめ！」

真菜は階段を駆けあがると通りを走りだした。

『どこ行くの！　真菜！　止まりなさい』

真菜は美佳の言葉に返事もせず、懸命に駆けてゆく。目の前に見えてきた建物に美佳は驚いて叫んだ。

『ちょっと待って！　どこへ行く気!?』

見えてきたのは病院だ。そこには美佳のからだがあるはずだ。

『どうする気!?　やめてよ！』

真菜は美佳に返事をしなかった。

美佳には真菜の考えがわかった。美佳の記憶を辿って病室へ向かっているのだ。

『やめて！　来ないで！』

その部屋には〝松浦美佳〟というプレートしか、かかっていなかった。重篤患者用の個室が並ぶエリアだ。

真菜は息を弾ませ、そのプレートを見あげる。

『真菜、お願い……』

美佳はほとんど怯えに近い感情で、その名前を見つめた。この部屋には自分のからだがある。何年も寝たきりの、死にかけたからだが。

真菜はドアをノックした。誰も応えるものはいない。

冷たいノブを回してそっとドアを開ける。部屋の中には薄いクリーム色のカーテンのかかったベッドがあった。

『やめて……見ないで』

美佳は泣きたかった。でもからだは真菜のものだ。涙など出ない。

真菜の心臓が強く鼓動を刻み、精神は緊張した。足が一歩ずつベッドに近づいて、伸びた手がカーテンをめくる。

『……ああ！』

美佳は、真菜の目で自分を見た。

目を逸らすこともできずに現実を見た。

そこには、痩せこけて黒ずんだ皮膚をした、死の匂いのする人間が横たわっていた。

どこにもふっくらとした部分のない、肉をそぎ落としたような頰。落ちくぼんだ眼窩《がんか》。色のない唇。

短く切った髪のために少年のようにも見える。ピンク色のパジャマがいっそ滑稽だ。

「あなたが、美佳さん……？」

真菜が呼びかけた。

『――そう』

美佳は絶望や恐怖や悲しみや恥ずかしさというあらゆる失意の感情をまとって呟いた。

これがわたし、なにがおしゃれ上級者だってのよ。

『こんな骨と皮ばかりのみにくい女で呆れた？　わたしがさっさと死にたいと言った意味がわかったでしょう。お願いだから帰って。もうこれ以上、わたしを惨めにさせないでよ！』

しかし真菜はさらに美佳のからだに近づくと、美佳の鼻の辺りで伸ばした手を開いた。

「でも、生きてます。ちゃんと、息してる」

『生きてるからってなんなのよ！　こんなベッドの上で身動きも取れない人生なんて、虫の標本と同じじよ！』

「でも生きてる！」

　真菜も叫んだ。その目から涙が溢れてくる。

「私が加藤さんにマフラー渡しちゃったら、美佳さん死んじゃうじゃないですか！　そんなのやだ！　美佳さんが死んじゃうのは絶対嫌だ！」

　美佳の絶望を押しのけ、真菜の熱い感情が奔流のようになだれ込む。

　真菜はずるずると長いマフラーを紙袋からひきずりだすと、それを丸めて美佳の枕元に置いた。

「美佳さん、死なないで！　つらいかもしれないけど、生きていて。せっかく友達になれたのに、私の望みが叶ったら美佳さんが死ぬなんてそんなのだめです！　私、美佳さんと会いたい、話したい、これからもずっと！」

『とも……だち……？』

　美佳は混乱する頭でぼんやりと答えた。真菜の必死な思いが叩きつけられるように伝わり、自分の意志を揺さぶる。死への憧れ、生への諦めが薄くなる。

　――なんて強い願いだろう。

『なにを言ってるのよ、そんなことで計画を諦めるの？』

「そんなことなんかじゃない！　大事なことです。私の恋より、美佳さんの命の方がずっとずっと大事です！」

『だって、わたしはもう……』

「そんなのわからないじゃないですか、医学は進歩してるんです、今治らなくてもいつか治ります。絶対治ります！」

『なにも知らないくせに、能天気な希望を持たせないでよ！』

「だったら私が治します！」

言い切った真菜に美佳は言葉を失った。

「たくさん勉強して医者になります、それで美佳さんを治しますから！　約束します！」

『真菜……』

「親が医者だからという理由で医者になるのはなにかおかしいって思ってたんです。でも、今までは自分がなにをしたいのかわからなかったから、ただ目の前の勉強をしてただけ。だけど今、私には目標ができました。私、美佳さんを助ける医者になります！」

『できも、しない、約束を……』

「約束します！」

真菜は、はあはあと肩で息をしている。心臓がはちきれそうなくらい激しく打っていた。美佳の心臓だったらもう、十回くらい止まっているだろう。

「私のわがままだとわかってます、美佳さんに死んでほしくないのは。だから、私も責任を取ります。医者になって美佳さんを治すって、人生賭けて約束します！」

『真菜……』

「お願いです、美佳さん。死なないで！　生きて！　生きていてください！」

真菜は膝をついて美佳の横たわるからだの枕元に突っ伏した。嗚咽が全身を震わせる。涙と鼻水がどんどんシーツに染みていき、頬に熱く濡れた感触が伝わる。

『あんたのわがままにつきあって……わたしにこの先もつらいからだのまま生き続けろっていうの……』

美佳の感情も真菜に引きずられ、大きく揺れている。それは今まで味わったことのない感情だった。

これって……なに？　肉親への愛情とも違う、同情でもない。胸の奥が熱くなって、でも勇気が湧いてくる。今なら断崖絶壁だって走って飛び越えられそうな。

『……いいよ』

美佳は真菜に囁いた。

『あんたがわたしの前に白衣を着て現れるまでは、死なないでいてやるわ』

「美佳さん！」

真菜ががばっと顔をあげる。

「本当ですか！」

『本当よ、もうちょっとだけ待っててあげる』

「ああ！」

真菜は立ちあがるとベッドに眠る美佳の顔を見ながら、そのからだを抱きしめた。

「嬉しい！　ありがとう、美佳さん！」

その瞬間、美佳の視界いっぱいに、虹色の光が広がった。

まぶしさで閉じていた目を開くと、スーツ姿の二人の男が立っていた。

「戻ってきたの？」

「そうですよ」

若い青年、イルマが心配そうな顔をして答える。

「おまえは試練をやり遂げたんだ」

中年のアガタが相変わらずニヤニヤしながら答える。

「わたしは真菜を幸せにしちゃったのね」

「そうだ」

イルマが、アガタを押し退けるようにして前に出てきた。

「松浦美佳さん、これで決まったわけじゃないです」

アガタはイルマの肩を押さえ、美佳を見つめた。

「さあ、判断してもらおう」

「死を選びませんよね？」

イルマの必死な調子の声に、美佳は答えなかった。しばらくうつむいて足の間を流れてゆくもやを見ていた。

「あのねえ……」

美佳は顔をあげた。

「わたし、四歳のときから入院しててね、学校も出たり入ったりで、友達なんかできなかったの」

イルマがきょとんとした顔をする。アガタは軽くうなずいて先を促した。

「マンガとか小説とかで、友達だの友情だの、読むじゃない？『走れメロス』とかね」

美佳は足元のもやを片足でかき混ぜた。ふわりともやが動いて膝から下を白く隠していく。

「メロスとセリヌンティウスの友情に憧れたり、そんなのは存在しないってバカにしたり、わたしには得られないって泣いたり」

友情を育《はぐく》めるほどのつきあいなんか、入院していたらできやしない。

「でも、つきあいの時間じゃないのよね、わたしがあのとき真菜の中で感じた感情、沸き起こる、震えるような気持ち。恋じゃない、愛じゃない。あれが」

友情ってやつなのかもしれない。

「すごいよね、誰だってはっきり知ることができない、そんなものを、わたしはあのとき知ったんだよ」

「じゃあ、美佳さん……」

「セリヌンティウスだって自分の命を賭けて待ったんだし、わたしだって待ってみるよ。

「だから」

だから――。

美佳が自分の意志で、目を開けたとき、真上に小西真菜の泣き顔があった。

「美佳さん」

「……いったい、いつ誰が友達になったって言うのよ、小西真菜……」

「ああ、美佳さんっ」

真菜は美佳の首にしがみついた。

「よかった！　急にいなくなったからびっくりしたんです！　私、幸せだと思っちゃったから、だから美佳さん、死んじゃったのかと」

「あんまりうるさいから戻ってきちゃったのよ……」

「そんなあ」

「あのマフラーをあげたって報告も聞かなきゃいけないしね……」

美佳は力の入らない手を懸命に持ちあげると、そっと真菜の背中を叩いた。

温かくて柔らかな背中。今日一日、わたしのものだった肉体《からだ》。健康な心臓が健康な血液を送り込み、肺を動かし、腕を足を動かしていた肢体《からだ》。

「死なないって約束したじゃない。あんたが医者になってわたしを治すまでは」

「美佳さん……！」

ガチャリとドアの開く音がして、看護師が入ってきた。真菜が美佳に覆いかぶさるようにして抱きしめているのを見て、ぎょっとして立ち止まる。

「あ、あの、松浦さん？」

美佳は顔なじみの看護師ににこりと笑いかけた。

「紹介するわ。友達の小西真菜さん。わたしの……未来の主治医なの」

◇

「真菜さんは」

「あ？」

もやの中の白いテーブルにひじをついて、イルマはぽつりとつぶやいた。

「美佳さんを救うことができるんでしょうか？　約束は守られるんでしょうか？」

「おまえ、ずいぶんと対象者を──松浦美佳を気にするんだな」

アガタはサーバーのコーヒーをカップに注ぐと、それを持ちあげて香りを楽しんだ。

「だって、彼女の記録読んだらかわいそうで。あの人たち、これからどうなってしまうんでしょうか？」

「そういうの、感情移入って言うんじゃないのか？　珍しいな、イルマのくせに」

「なんですか、それ」

「〝生きている人間に執着するのはルール違反です〟」

茶化すように言ったアガタの台詞にイルマは本気で怒った顔を見せた。

「でも、二人は自分の人生を賭けたんですよ。あの短い時間の間に」

「それはあの二人の問題だ」

そう言われてイルマは悔しそうに唇を噛んだ。

「わかってます。でも気になるんです。このままじゃ仕事も手につきません」

「おやおや、少しは頭が軟らかくなったのかな」

「先輩のせいですよ」

アガタはコーヒーを噴きそうになった。

「俺のせいかよ！」

「先輩がマニュアル無視して好き勝手やってるから……」

「なんだよ、それ。理由にもならないぞ」

イルマはテーブルの上に両手を伸ばして突っ伏すという、行儀の悪さを見せた。アガタはそんなイルマに軽くため息をつくと、

「しょうがねえなあ……じゃあちょっとだけ裏技使うか」

「裏技？」

アガタはコーヒーカップをテーブルに置くと立ちあがった。

「『上』には内緒だぞ」

「え――」

アガタはシュガーポットから粉砂糖をスプーンですくった。それをさらさらとテーブルの上に落とす。しかし砂糖はテーブルに到達する前に四方に散って、キラキラ光る蜘蛛の巣のような図を描いた。

見ているうちに、それは透明な飴ガラスに変わる。

「これ……なんですか?」

「今、松浦美佳の時間を進めた画面を出している。そうだな、十年くらいでいいか」

「ええっ、そんなことできるんですか!?」

イルマは椅子を蹴り倒す勢いで立ちあがると、テーブルに手をついて透明なガラスの表面を見つめた。

「できるっていうか、数をこなしてレベルをあげていけば『上』から与えられる権限が増えていくんだ。これもそのひとつだ」

その中には最初なにも見えなかった。だが、やがて小さな光がぽつりぽつりと生まれ、それらが虹色の尾を引きながら駆け抜けてゆく。

「この光のひとつひとつが人の時間だ」

アガタの囁きがイルマの耳に落ちる。

見つめていると、その中のひとつの光が大きく輝きだした。その輝きの中にうっすらと見えてきたのは――。

白衣を着た女性とピンクのパジャマの女性。二人は笑い合っている。お互いの首を長いマフラーでつないで。

やがてその二人の姿が一枚の写真になった。新聞記事のようだ。

【人工心臓の手術に成功。日本で開発されたポリマー素材の次世代人工心臓を移植】

そこにはそんな見出しが躍っていた。

光が消え、彼女たちの姿も消えた。それを見届けたイルマはほっとした顔になる。

「はあ……すごいですね、僕もいつかこういう技を使えるようになりますか？」

「ま、精進するんだな」

アガタがそう答えてガラス板を指先でつつくと、それはとたんに白い砂糖に戻り、シュガーポットに落ちていった。

「ありがとうございます。美佳さんも真菜さんもメロスのように間に合ったようですね」

イルマは嬉しげにアガタに笑いかけた。

「しかし心臓を失っても代わりのもので生きていけるというのはすごいな。彼女はずっと生と死の狭間で生きることになったというわけだ」

「あれ？」

はっとイルマは気づいたように目を瞠る。

「なんだ？」

「そういえば美佳さんも真菜さんも記憶を失ってませんよ？」

「ああ、だって記憶を失くしたらあの二人の接点がなくなっちまうだろ？　そしたら小西真菜は医者にならないし、松浦美佳はまた生きる気力を失くしてしまうじゃないか」

　当然のように言うアガタにイルマは驚いた。

「で、でもルール違反ですよ、先輩の権限でその処置にしたってことですか？　それ、大丈夫なんですか？」

「そもそもイレギュラーな案件だったんだ。こっちもそれなりにルールを変えないと対応できない。対象者とターゲットを同じからだに入れるとか。指輪も使えなかったしな」

　アガタは肩をすくめる。

「まあ、大丈夫さ。俺はなにしろ新人研修を任されるくらい優秀な担い手なんだから。『上』だってちょっとは融通きかせてくれるはずだ」

「で、でも」

　言い募るイルマをアガタは遮って、

「そういやおまえ、『走れメロス』読んだんだな」

「あ、はい。美佳さんが言ってたから興味を持って……人界から取り寄せて読んでみました。すばらしい話でしたね。先輩は前からご存じだったんですか？」

「ああ、昔、学校でな」

「学校？」

聞き慣れない言葉にイルマは首を傾げた。アガタもきょとんとした顔をする。

「あ、あれ……なんで俺？　はは……」

笑いながらアガタはこめかみを押さえた。ずきり、と頭の前の部分に痛みが走ったのだ。

「……っつう」

「ど、どうしたんですか？」

イルマが驚いてアガタの前に回る。アガタは顔をあげると見知らぬ人を見るような目つきでイルマを見た。

「先輩？」

「あ、ああ。大丈夫だ」

アガタは首を振ると、心配そうに見あげているイルマに笑い返した。

イルマはそんな彼の背後に、ふらふらと歩いてくる人影を見つけた。

「——あ、先輩。また次の方がいらっしゃいましたよ」

「ああ、うん。今回もちゃっちゃとよみがえらせるか」

アガタは右手の拳で左手を叩くと、その影に向かって歩きだした。

サマードッグは笑う

パニックというのはこういう状況のことだろう。

今、まさに佐田和希《さだかずき》はパニックの真っ只中だった。水の中で夢中で手や足を動かしている。口や目を開けると塩辛い海水が入り込む。

「……っ！」

ほんの一瞬海面に顔を出し、助けを呼ぼうとしたがまた沈んでしまった。

死ぬ死ぬ死ぬ死ぬ……！

その言葉が頭の中をぐるぐる回っている。

自分の長い髪が青く光る水面に向かって流れてゆくのが、やけにゆっくりと見えた。

乗っていたボートから落ちたのは完全に自分のミスだ。それは認めるから早く引きあげてほしい。

このまま溺れ死ぬのは嫌だ。まだ二十七年しか生きていないのに！

和希はもう一度顔を海面に出した。目の端にたしかにこちらに引き返してくるボートが映った。

早く、早く、早く……！

ボートの方に向かって手を伸ばしたとき、和希の後頭部にガツンと激しい痛みが走った。

……え？

視界が暗くなる。気を失うのだ。こんな海の中で。

だめ……死んじゃう……。

それが最期の意識だった。

「おはよう、ゴローさん」

和希が声をかけると、青山《あおやま》さん宅の大型の秋田犬が犬小屋からぬっと顔を出した。

「今日も元気そうですね」

優しい茶色の目に手を振って門扉から離れる。

「おー、アーチーくん、今日もお美しい」

ノルウェージャンフォレストキャットの姿が高梨《たかなし》家の二階の窓辺に見える。ピンクの桃の花ごしに、白と青灰色の毛皮が映える。手を振る和希の方をちらとも見てくれない素っ気なさもかわいい。

「さくらちゃーん、おはよう」

逆にちぎれんばかりに尻尾を振ってくれるのは末吉《すえよし》さん宅の柴犬だ。

「クリスタちゃん、今日も元気ね」

今度は佐藤《さとう》さん宅のベランダでポメラニアンがきゃんきゃん吠えた。

通勤の道で会う動物たちに挨拶するのは、和希の毎朝の習慣だ。少し遠回りになるけれど、駅までの道で五匹の動物たちに会うことができる。

「おはよう、和希ちゃん」

背後から声をかけられ、和希はびくっと背中をそらした。振り向かなくてもこの時間、声をかけてくる人は一人しかいない。

「お、おはようございます、相川《あいかわ》さん、ショコラちゃん」

モゴモゴと口の中で答える。ショコラの吠える声でかき消されそうな小さな声だ。

動物とは平気で話せるのだが、人間相手となると気後れしてしまう。いや、恐怖を感じると言った方がいいかもしれない。

「ようやく暖かくなってきたわね」

相川のおばあさんは気にしたふうもなく会話を続ける。

「は、はい」

「もう三月だからねえ」

毎朝同じ時間に散歩をするトイプードルと飼い主のおばあさん。これで全員だ。

和希はいそいでしゃがみ込むとショコラの頭を両手でモフモフと撫でた。こんな小さな動物にすがりつく自分が滑稽だ。

「ショコラちゃん、今日もかわいいですね」

シルバーのトイプードルは和希の手に頭を擦りつける。犬に話しかけているが、それはそのまま相川さんへの返事だ。

「和希ちゃん、ほんとに動物好きねえ」

頭の上から降ってくる声に和希は小さくうなずいた。そう、動物は好きだ。けれど人間は苦手。

　数ヶ月かけてようやく相川さんとも会話を交わせるようになった。とはいえ、目線も合わせず、しかもおしゃべりはほとんど相川さんに任せてしまっている。だが飼い主は愛犬をかわいがってくれれば、そういうのはあまり気にしないようだ。

「……毎朝、みんなと会えるのが楽しみで」

　なんとか答えることができた。相川さんとはコミュニケーションの練習をしているようなものだ。動物相手なら言葉が出るのに……。

「和希ちゃんのマンションも動物飼えるといいのにねえ」

「いつか、」

　ペット可の物件に引っ越しますよ、とまでは続けられなかった。声が喉で引っかかってしまう。

　相川さんはお天気の話から最近公園に来ている人の話、新しくできたパン屋さんのことなどを話してくれる。和希は、いちいち相槌をうち、ちゃんと聞いていると主張した。

「あら、和希ちゃん、そろそろ時間じゃない？」

　相川さんが腕時計を見ながら言う。ショコラを撫で回していた和希は、ようやく立ちあがった。

「あ、あの……」

　地面に目を落とし、自分の影を見つめる。

「わ、私、明日から五日間ほど留守に……」

「あら、どこかご旅行？」

「はい、クジラを……観に……小笠原まで」

なんとか絞りだした言葉に相川さんは目を丸くした。

「まあ、クジラ!?」

「はい……」

最後まで言えた。しかも和希にとっては最大限に滑らかに。

おずおずと顔をあげると、にこやかに笑っている相川さんの顔がある。和希はさっと視線を地面に落とした。

「あらあ、素敵ねえ。でも気をつけてね、海に落ちたりしないでよ」

和希はペコリと相川さんに頭をさげ、ショコラに手を振って駆けだした。


「……走馬灯って人生すべてを思い出すんじゃなかったっけ……」

つい数日前の出来事を思い出しながら和希はつぶやいた。

「まあ、まだ死んでいませんから」

耳元で急に声がして、ぼんやりしていた和希は驚いて飛び起きた。

「え？」

自分は海の中に放りだされたはずだったが。

「どこ、ここ……」

一瞬、白い羊を想像したが、それはもやだった。周りはしん、と静まり返っている。

「大丈夫ですか、頭に痛みはありますか？」

もやの中に響く若い男性の声に首を回すと、スーツのズボンが目の前にあった。

「最期の意識が残っている人間は、そのときの痛みや苦しみを持ってくることもあるからな、頭、大丈夫か？」

もう一人、ぶっきらぼうな感じの声の男性。

顔をあげると二人の男性が目の前に立って自分を見おろしている。

「ひ……」

和希は尻をつけたまま、両手と足を使って最大限のスピードで後ろにさがった。とたんに周囲のもやがかき乱され、相手の姿が薄れる。手のひらの下、尻の下は弾力があって見た目よりしっかりしていた。

「おいおい、そんなに驚かなくても」

中年男の方が呆れたように言って腕を伸ばす。和希は首を高速で動かして、辺りを見回した。

ど、どこなの？　ここ。この人たちは誰なの!?

「説明させてください」

和希の怯えた顔を見て、若い方の青年がにっこり笑って手を広げた。宗教画に描かれている天使のように、中性的で整った顔をしている。百合の花でも持てば、そのまま飛んでいってしまいそうだ。

和希は自分がTシャツにジーパンという、船から落ちる前の恰好をしていることに気づいた。きちんとしたスーツ姿の男性の前で、こんな恰好でいるのは恥ずかしい。腰にはウエストポーチ、足元は年季の入ったスニーカーなんて。

「私たちはシセイチョウのものです」

イルマと名乗った男が状況を一通り説明してくれたが、意味がわからない。

「つまりおまえは一度死んだんだ」

首を傾げている和希に、ぶっきらぼうな声の主、アガタという男が言った。

「なんの、冗談……ですか」

なんとか放った声は、小さすぎてもやの中に吸収されてしまう。

そう、羊で埋め尽くされたかのような白い世界。自分の見ているこの場所は、たしかに和希がイメージする死後の世界にも見える。

「本当です。あなたはボートで遊覧中に、船縁から身を乗りだして海に落ちました。もちろんボートは急いで戻ったんですが、運悪く、漂流物の木にぶつかって、あなたは意識を失い、そのまま沈んでしまったんです」

和希は後頭部を触った。ふいに、あのときの痛みを思い出す。

「嘘……」

　小さな声で呟くと、イルマが落ち着いた様子で優しい笑顔を向けてきた。

「もう少し説明を続けさせてください、佐田和希さん」

「だっ……て、」

　——私、やっとの思いで有給取ったんです！　年度末の休みって取りづらいから半年以上前から申請して、このために残業もして調整して！　ここ数日の苦労を思い出すと涙が出てきそうよ。ボートに戻して！　私はツアーの費用を払っているんです！

　頭の中でそう怒鳴っても、口から出てくるのは震える呼吸だけだ。アガタがバインダーをめくりながら言う。

「小笠原三泊四日の〝イルカと泳ごう、クジラも見えるよツアー〟ってやつだな。やっとの思いで取った有給で参加したのに、イルカもクジラも見られないまま初日にこんなことになって残念だったたな」

「なんで……」

　知ってるんですか、という言葉は飲み込む。心の中で思ったことを覗かれたような気がした。見あげると、アガタがにやにやしながら答える。

「俺たちはおまえの生と死に関わっているからな、クライアントのことはきっちり把握しているぜ。佐田和希、二十七歳。ハセベ商事入社後経理一筋、独身、恋人なし、休日は掃除と洗濯のほか、録り溜めていた、ドキュメンタリーからバラエティ、クイズ番組まで多岐にわたった動物番組を観て一日過ごす……ふっ、よっぽど動物好きなんだな」

「——っ！」

べつに恥ずかしいことをしているわけではないが、プライベートを暴かれるのは抵抗がある。和希は顔を覆って身を縮めた。

「もう少し状況を詳しく説明させてください、佐田和希さん」

イルマがアガタをひじでつついて押しやりながら言う。和希はコクコクと首を振った。

「それではこちらへどうぞ」

二人に案内されて和希はよろよろ立ちあがり、白いテーブルについた。ハーブのさわやかな香りのお茶がガラスのポットから透明なティーカップに注がれる。和希がハーブティーを好きなことも知られているようだ。

「先ほども申しあげましたように、あなたは一度死にました。けれど私たちはできれば生き返ってもらいたいんです」

イルマがカップを和希に差しだしながら言った。

「わ、私だって……」

死にたくありませんという言葉は涙に消える。イルマはわかっている、というふうにうなずいた。

「そこで、あなたにはひとつの試練を乗り越えていただきます。それが成功すればあなたは生き返ることができます」

「試練……」

「おまえが、指定された相手を幸せにすればいいんだ」

アガタという男がテーブルの上に身を乗りだした。

幸せに？　と和希が涙のにじんだ睫毛をしばたたかせる。

「そうだ、できなければおまえは死ぬ。ボートから落ちて流木に頭をぶつけて溺れ死ぬ」

ぞくりと全身に鳥肌が立った。からだじゅうが冷たくなり、鼓動がドクドクと速く打つ。

「死ぬ……」

青ざめる和希に、アガタは、はあっと長いため息をついた。

「とはいえ、今回の案件のターゲットはかなり難しい相手だ……」

「そうですね、こんなの僕も初めてです」

イルマも神妙な顔になる。和希は焦った。

「む、難しいって……」

イルマは首を振って、

「これって絶対、前回のペナルティですよね。だからあのとき、僕、記憶を残したままでいいのかって聞いたんですよ。やっぱり『上』にバレたんじゃないですか」

「なにを言ってるんだ。バレているわけないだろ。これがペナルティならおまえがルール違反したせいだろ、人間の未来を見てみたいとか言うから」

アガタが責めるような口調で言い返す。

「違いますよ、絶対先輩の独断のせいで」

「いや、おまえの」

「あ、あの？」

和希はおろおろと二人の顔を見て、泣きそうに顔を歪めた。

不意にアガタとイルマの背後から声がかかった。二人が驚いた顔で振り向くと、そこに
「君たち、どちらもだ」

二人に輪をかけて地味なスーツを着た男性が立っていた。

髪はきっちりと後ろに撫でつけ、黒縁の眼鏡をかけている。なめらかな頬は若そうでもあるが、眼鏡のレンズに光が反射して顔はよくわからなかった。

「うわ、司長！」

「司長さま！」

アガタとイルマが飛びすさる。

「勝手に記憶を残した件、未来を覗き見た件、どちらも重大な違反行為だ。今回の案件が難しくなっているのはそのペナルティ。それだけで済むのは私がとりなしたからだ。よく覚えておきたまえ」

司長と呼ばれた男は足を動かさず、まるで滑るようにもやの上を移動してきた。

「いや、あのね、司長。あれはどうしても必要な処置だったんですよ」

「しかし、一担い手の判断には過ぎるよ。そういうときには私に報告、連絡し、判断を仰

がねばならない、ホウ・レン・ソウという言葉くらい知っているだろう」

アガタはふうっと息をつくと、腰に手を当て、司長を見あげた。司長はかなりの長身だった。

「だけど本当にまずかったら止めますよね？　そのまま流したのはオーケーってことでしょう」

「せ、先輩。司長さまに口ごたえは……」

イルマが焦ってアガタを止める。

「……『上』の判断だ」

いや、司長は背が高いのではなく、少し浮いているのかもしれない。

「結果的に記憶を残してもいいって判断ですよね。よかったらそのお考えの理由をお聞かせねがえませんか？」

「『上』の判断だ。私にはわからない」

司長は同じことを繰り返すばかりだ。

「あれはかなりイレギュラーな条件が重なった案件でしたね。死んでいない対象者。しかも生きたくないという意志を持っている。……あそこまでして死整庁にねじ込んだのだから、なにか理由があったんじゃないですか？」

「ア、アガタさん、もうそのくらいに……」

イルマはアガタのスーツのひじを引っ張る。アガタはそれを振り払って続けた。

「――たとえば、対象者の松浦美佳のターゲット、小西真菜は新しい素材の人工心臓を開発した。人間の寿命をさらに延ばしたわけだ。それがなにか関係あるとか」

「考えることは自由だよ。けれど君たちの使命は、人間が増え、死者が増えたため、『上』の処理が追いつかないから一人でも多くよみがえらせること。それだけだ」

「自分がやっていることの意義くらい知りたいでしょう」

「そうかね。そんな無駄話より目の前の仕事を片づけたまえ。ほら、対象者がわけがわからず困っているよ」

司長がそう言い、アガタとイルマは今気づいたというような顔で和希を見た。話においてけぼりにされ、和希はおろおろと三人を見回す。

「彼女にわかるように状況を説明してあげなさい」

司長に命じられ、イルマが和希の前に立つ。

「す、すみません、佐田和希さん。失礼しました、話を続けます」

「は、はい」

イルマが椅子に座るのを見ながら、地味なスーツの司長はアガタの肩を叩いた。

「今回はこのペナルティだけで『上』には許しをもらったが、また次、やんちゃすると私でも庇えない。それは肝に銘じておきなさい」

「……わかりました」

アガタは渋い顔で答えた。司長はくるりと背を向けると、再びからだを揺らさず、滑るようにもやの上を進んでゆく。やがてそのまっすぐな背中も白いもやが隠してしまった。

アガタは短く息を吐き、イルマの隣の椅子にどさりと腰を下ろした。

「説明は？」

「あ、今指輪の話をしたところです」

和希は右手で左手の薬指に触れていた。この指輪が光ったら、目の前にいるのが幸せにする相手……。

「運命の相手を幸せにするにはタイムリミットがあります。今回は、あなたが地上に降りてから七時間。それができなければあなたは――」

「む、無理です」

和希はイルマの持つ砂時計を見つめたまま、息を喘がせて言った。

「わ、私、人と話すことがうまくできなくて、なのに……人を幸せにするなんて、それもたった七時間で……」

「知ってるよ」

アガタはバインダーをめくった。

「おまえ、中学のときひどいいじめにあって、三年引きこもったんだろ。それで人間が苦手になった」

「……っ」

和希は両手を口に当てた。

「近所の犬の散歩をバイトで引き受けてから少しずつ人間関係を回復できるようになった。動物はおまえの恩人でもあるんだな」

「やめて」

「だけどおまえは今でも近所の相川さんや会社の同僚の数人としか話せない」

「――やめて！」

和希は耳を押さえてテーブルの上に突っ伏した。抑えきれない涙が溢れてくる。辛い記憶がよみがえり、からだが冷たくなる気がした。

「やめてください！　先輩！」

イルマがアガタの手元のバインダーを強引に閉じた。

「佐田和希さんがこんなにいやがってるじゃないですか！　先輩にはデリカシーってものがないんですか！」

「……悪かったな」

アガタはバインダーの上に手を置いた。

「だけどな、おまえだって今の自分でいいとは思ってないんだろ。おまえは一度死んだ。だからこれから先は生き直しだと思えばいい。過去を忘れることはできないだろうが、これから生きる未来の自分のために、努力するんだ」

生き直し……？

和希は目をつぶり、涙を落とした。

そんなことできるわけがない。辛い記憶は澱のようにこびりつき、なにをしていても思い出させる。とくに人と対面しているとき、その記憶はよみがえり、言葉を詰まらせてしまう。自分を傷つけることを喜んでいた人たち、その目が怖い。今でも、だれもがそんな目をして自分を見ているような気がする。

動物に向き合っているときだけ、忘れることができるのだ。

アガタが身を乗りだす。

「心配するな。ある意味、おまえには向いている相手だよ」

「私に……？」

「佐田和希。小笠原のクジラ、観たいんだろ？」

はっと和希は目を開けて正面のアガタを見た。

「録画した猫番組、観たいだろ？　もうじき近所の犬が子供を産むぞ、モフモフしたくないか？」

「う、うう」

「どれもこれも小さな幸せかもしれない。だけど、おまえはそんな幸せを大事に毎日を生きてきた、そうだろ？」

和希は目に拳を押し当て、すすり泣いた。

毎日の小さな幸せ。そうだ、そんな時間を持てる今、幸せを感じている今が大事なのだ。

「や、やり、ます……がんばり、ます」

アガタとイルマはうなずき合い、イルマが書類に判を押した。

「だけど、私の死と、誰かの幸せが関係……あるんですか？」

和希の問いにアガタが顔の前で両手の指を組み合わせ答えた。

「それがあるんだよ。すべての運命は絡み合っている。借方・貸方のようにバランスが取れているんだ」

借方・貸方。経理の和希には馴染みのある言葉だ。

アガタという男は経理のことまで知っているのだろうか。一瞬親近感を覚えたとき、男たちが片手をあげた。

ひらひらと振られたのが別れの合図だったのだと、和希は真っ白になった視界の中で思った。


ミーンミンミンミーン……。

騒がしい蟬の声が聞こえる。和希は目を覆っていた手を恐るおそるさげた。

とたんに飛び込んできたのは鮮やかな青の色。空だ。それからまぶしいほどの木々の色。濃い緑の匂いがざわざわとざわめく葉ずれの音に乗ってきた。

和希はほっと息を吐いた。海の中に戻されたらどうしようかと思ったが、とにかく足のつく場所なら嬉しい。しかしここはどこなのだろう？

遠く近くに見えるこんもりした山。足元はアスファルトで、それがずっと先までゆるやかに続き、緑の中を白いソフトクリームのように螺旋《らせん》を描いて延びている。

さっきまでいた色も音もない、白いもやの世界に比べると、なんて美しいんだろう。

蝉の声、鳥の声、風のそよぎ、緑の匂い。五感で感じ取れるということがこんなにも気持ちいい。生きているという実感が、和希の目を潤ませる。

和希は深呼吸したあと、辺りを見回した。

左手は深い崖になっていて、濃い緑が広がっていた。木々の間、少し下のほうに、赤い三角屋根が見える。『喫茶・軽食』と書かれた看板の文字も見えた。

喫茶店だろうか？

人気《ひとけ》はなく、車の音もしない。誰もいない。

顔をあげると太陽の光が目を刺した。

まぶしい、それに暑い。おまけにさっきから聞こえているこの蝉の声。

まるで夏だ……あたしは三月の小笠原にいたのに。

そこまで確認したときジーパンを穿いたふくらはぎの辺りをちょん、と触られた。

「ひゃっ！」

驚いて飛びあがり、振り返ると、そこに一匹の白い犬が伏せている。

「わあ、びっくりした！　なに、君……っ」

和希は飛びすさり、胸の前で手を握った。

犬はへっへっと舌を出して和希を見あげている。耳が垂れて鼻づらが長い。柴犬ほどの大きさで十キロちょいといったところか、白い毛は全体的にウエーブがかっている。

顔だけ見るとテリアっぽいが、長く固そうな尻尾はラブラドール・レトリーバーっぽくもあり、和希には犬の種類はわからなかった。

白い睫毛の下から覗くまん丸な目は、愛嬌があり、思わず撫でたくなる。

「ミックス犬なのかしら……」

動物番組をよく観ている和希は、だいたいの犬種はわかるが、この子はいくつもの犬の特徴を持っていて判断がつかない。

犬は青い首輪をしているので、どこかの飼い犬のようだ。

「君、どこの子？　逃げちゃったの？　迷子なの？」

和希は言いながら手を伸ばした。そのとき、左手の指輪がはっきりと輝いた。真っ白な光が手を隠すほどまぶしく輝く。

「ええっ！」

和希は指輪を押さえた。死整庁の人たちが言っていた、私が幸せにする相手はこの指輪が光った人だと。

「人、じゃないじゃないですか！」

動揺しながらも和希はしゃがみ込んで、犬の柔らかな毛並みを撫でた。犬はおとなしく目を閉じ、撫でられるままになっている。

「ああー、よかった。人じゃなかったー」

だからあの人は私に向いていると言ったのか。日差しに温められた白い背を撫でているうちに和希の心は落ち着いてきた。

とりあえず人探しのために知らない人と話をしなければならないという関門はなくなった。逆によかったかもしれない。

「私の相手、君だったのね。……でも犬を幸せにするって……どうすればいいの？　だいたい幸せになったかどうかなんてわかんないし」

顔だけを見ると犬は幸せそうだ。長い尻尾をパタンパタンと地面に打ちつけて、撫でられることを喜んでいる。

「私が飼えばいいのかしら？」

そっと手を伸ばすと、犬は和希の手の甲に柔らかく鼻先を押しつけた。

「いい子ね」

耳をくすぐり頭を撫でる。犬は気持ちよさげに目を閉じ、撫でられていた。

「そりゃ犬は好きだけど、うちのマンションは動物禁止なのよね。それにここがどこだか全然わかんないし」

犬はひょいと頭をあげ、和希の顔を見る。

「こんな山の中に捨てられたのかな。それともやっぱり迷子なのかな」

和希の言葉に犬は首を右に傾げた。言葉にちゃんと反応を見せるあたり、ずいぶん利発な犬だ。まん丸な目が日差しにきらきらと光っている。

「わかんないよね」

今度は左に傾げる。和希も一緒に首を傾げた。はーっと舌を伸ばして犬が口を開ける。その愛嬌のある顔に、和希は笑ってしまった。

「こんなにおとなしくてかわいい子、捨てるわけないわね。もし迷子なら、飼い主を見つければ幸せになれるかしら」

和希は立ちあがり、膝を伸ばした。

「とりあえずあの赤い屋根の店にまで行ってみよう。そしたら水や食べ物も手に入るわ」

気づけば、自分の服装はホエールウオッチングでボートに乗ったときと同じだ。和希はウエストポーチの中を確認した。財布とスマホ、それにタオル地のハンカチ。スマホは充電が切れたのか画面は真っ黒で起動しなかった。

「お金もカードも全部ある……、スマホはだめ。時間もＧＰＳも見られないから場所も季節も確認できない……」

脱力しかけたが、なんとか足に力を入れる。

足元には犬がいる。大丈夫、私は一人じゃない。

「よし、行こうか」

犬にはリードがついていなかったので、和希は首輪を持とうとした。だが、そのとたん、今まで友好的だった犬が「ウー」と低く唸って、大きな口をバクンと開け閉めした。

「な、なぁに？」

もう一度首輪を持とうとしたが、犬は首を振って立ちあがろうとせず、そればかりか手を狙って口を開ける。

「ここを動きたくないの？」

和希が諦めて手を引くと、今まで唸っていた顔はどこへやら、からだを起こして尻尾を振る。和希の手を舌を伸ばして舐め、Tシャツの袖を引っ張った。

「なに？　動きたくないけど行っちゃやだっていうの？　わがままな子ね」

犬は尻尾をせわしく振り、なにかを訴えかけるような目で見あげてくる。

「いいわよ、わかった。じゃあ、私がここへ食べ物と飲み物を持ってくるわ。お腹いっぱいになったら、君、幸せになれる？」

犬は肯定するように、クゥーンと甘えた声をあげた。

和希が一歩引くと、犬はつられたように一歩こちらに動いた。そのとき、今まで犬のからだの下にあったものがキラリと光った。

「あら、それ……」

犬は和希の視線に気づくと、さっとそれを口にくわえ、またその場に身を伏せた。

「いい子ね。取りゃしないわよ、ちょっと見せて」

和希は犬の頭を撫でながら、口から覗いている金属らしきものを観察する。

「それって……車……バイクのミラー？　かな？」

そういえば、と和希は白く続くガードレールを見た。犬がいるこの場所のガードレールだけ、ひどくへこんで黒くなっている。

「もしかして……」

和希は犬を見た。犬はさっきと同じようにへっへっと舌を出しているが、もう笑顔には見えなかった。

「ここで事故があったの？　君、飼い主とはぐれたの？」

バイクの荷台や前に犬を乗せてタンデムを楽しむ飼い主がいることを和希は知っている。

和希はへこんだガードレールを撫でた。

古い傷なのか新しい傷なのか、素人の和希には判断がつかない。しかしアスファルトにも二本のタイヤの跡が残っているし、よく見ると、足元の地面にはキラキラとした金属の細かい破片も散らばっていた。

「飼い主を待っているのね」

犬はきちんとお座りをして和希を見ていた。まるで、お願いしますと言っているように見える。

「飼い主を……探せってこと？」

和希は全身の血が引く思いだった。

タイムリミットは七時間。今、何時なんだろう。太陽の位置からお昼くらいだと和希は推測する。

犬相手で喜んでたのに、結局、やっぱり、どうしても、……人を探すことになるのか。

「ここでちゃんと待っててね、どこにも行っちゃだめよ」

和希はその場を動こうとしない犬の頭を「いい子ね」ともう一度しゃがんで撫で、勢いよく立ちあがった。

喫茶店らしき場所の赤い屋根は見えているのでそれほど距離はないと思っていたが、蛇行するアスファルト沿いを歩くと結構時間がかかった。

日差しは痛いくらいで歩いているだけで汗が顔中に吹きだす。Tシャツが背中に張りついて重い。今ごろ首の後ろはこんがり焼かれているだろう。

「こんにちは……」

やっと到着し、山小屋風の店のドアを押すと、チリリンと軽いベルの音がして、さあっと冷たい空気が顔にかかった。和希は改めてクーラーの偉大さを知った。

なんて涼しい！　ここそ天国だわ！

店の中は天井が高く、広々としていた。山菜や土産ものを売っているショップも併設された、観光客のための食堂のようだ。木製の床の上には丸い木のテーブルが五つ、カウンターがあって、その横には自動販売機がふたつ置いてあった。

「いらっしゃい」

真っ黒な顔をしたおじさんがカウンターの中から出てきた。片手にビールの缶を持っている。和希は思わずごくりと唾を飲んだ。

「み、水を……」

「え？」

声が小さくて聞こえなかったのか。和希は目をぎゅっとつぶって財布から千円札を出し、突きつけた。

「水を、くださいっ！」

「あいよー」

おじさんは一度カウンターの下に沈んだかと思うと、次の瞬間にはペットボトルの水とお釣りを持って現れた。

「はい」

「……っ」

和希はボトルに飛びつくとキャップをねじきる勢いで開け、一気にあおった。

「……ッ、はあ――……！」

喉を水が滑り落ち、胃の中が冷たくなる。全身に染み渡る爽快感。生き返るとはまさしくこのことだ。

和希は大きく息をついて、ボトルをカウンターに置いた。そのとき、壁にかかっている時計を見つけた。時計の針は一時半を指している。

犬のいた場所からここまでを少し多めに見積もって三十分くらいかかったとして、七時間なら夜の八時までだ。タイムリミット――命の期限は今夜八時。

時計の隣にはカレンダーもさがっていた。八月と書いてある。

八月……やっぱり夏なのね。え？　待って。あのカレンダー、おかしくない？

八月の横に書いてある……二〇〇六？　西暦二〇〇六年？　十二年前ってこと？

「お客さん、観光ー？」

動揺している和希におじさんが笑顔で声をかけてくる。和希はゆっくり首を回しておじさんをまじまじと見た。

じゃあこの人は十二年前の人なの!?

「どうしたの？」

黙って自分を見つめている和希に、おじさんは笑顔を消して首を傾げた。和希はあわてて目を逸らし、手を振った。

「い、いいえ……」

「暑いものねえ、お客さん、歩いてきたの？」

「は、はい」

こんなことで驚いてちゃいけない。なにせ、死後の世界にだって行ったんだから、今さら過去の世界に来たって、平気よ。

和希はぎゅっと目を閉じて、ショックを飲み込んだ。

もう一度店の中を見回すと、地図が貼ってあった。観光マップと書いてある。

岐阜県高山市……。ここ、岐阜県だわ。

和希にとって、岐阜はまったく見知らぬ土地だ。

小笠原から岐阜に来ちゃったの？　時間も空間も試練の前にはなんでもないことなのね。

和希はペットボトルの残りを一気に飲んだ。

「――あ、あの」

ペットボトルをカウンターの上に置いて、和希は小さな声で言った。

「お水を……もう一本……」

「はいはい」

おじさんはカウンターの下から同じペットボトルを出した。和希はそれを見て首を振る。

犬に与える水だ。この暑さだからたっぷりないと。

「もっと……大きいの……を」

「うん？　あとは二リットル入りしかないけど」

「そ、それでいいです」

おじさんはよいしょ、と二リットルのペットボトルをカウンターの上に置いた。

「あと……犬が食べられるような物……」

「犬？」

和希はコクコクうなずいた。

「こ、この坂の上に」

がんばるのよ、私。あの犬は炎天下で私を待っているんだから。

和希はドアの方を振り向いた。

「犬がいて……動かなくて……」

「ああ」

おじさんもドアの方を見た。

「いるねえ、昨日も一昨日もいたよ」

「一昨日も？」

驚いて、和希は思わずおじさんを見あげた。

「ずっとあそこにいるね。もしかしたら、あの事故を起こした人の犬なのかもしれないって、家のものとも話してたんだ」

「じ、事故!?」

「うん、たしか、三日前の夜だ、バイクがガードレールにぶつかって転げたんだ。うちの常連がたまたまここから見てて、すぐに救急車を呼んでたね」

やっぱり！　あの犬はバイクの人を待ってるんだ。

「俺たちも見に行ったけど、若いあんちゃんでさ。バイクは東京のナンバーだったね。でもそんときは近くに犬はいなかったんだよ」

「そのバイク――乗っていた人は……」

「救急車が運んでいったよ」

「ど、どこの病院に……？」

「ええ？」

おじさんは不審な顔をする。当然かもしれない、いきなり初対面の人間がそんなことを聞いたら。

しかし和希も自分の生死がかかっている。頭をフル回転させて考えた。なんとかおじさんを説得できる理由はないだろうか――。

けれど。

そんな理由を見つけてもちゃんと話すなんてできそうにない。話さなきゃ、と思っただけで息が苦しくなる。

会社に入って五年間、同僚とは少しずつ話せるようになった。上司の冗談にもなんとか笑みを返すことができるようになった。けれどいまだに見知らぬ他人の目を見るのはむずかしい。

でもこのままじゃ私が、いや、あの犬が死んでしまう。

和希は胸を押さえた。心臓がドキドキしすぎて痛いくらいだ。

「ちょっとちょっとお客さん、大丈夫なの？」

おじさんが心配そうにカウンターから身を乗りだす。

「もしかしてお客さん、あのバイクのあんちゃんの知り合い？」

和希ははっとしておじさんの顔を見た。息が苦しかったせいで涙が目に浮かんでいる。

おじさんはそれをどう理解したのかうんうんとうなずいた。

「そっかそっか、そりゃあ心配だよね。お客さんあのあんちゃんを尋ねてここに来たんだね？　恋人かなんか？」

和希は頭を激しく上下に振った。もうどうでもいい、このおじさんの勘違いに乗ってしまおう。

「わ、私、」

死整庁のアガタは人生を生き直せと言った。生き直す、どうせなら別な人間に。私は佐田和希ではなく、そのバイクの人を探しに来た恋人――。

「ここで彼と……会って、結婚……」

慣れない嘘も、うまく話せないことで逆に真実味を帯びる。

「ええっ!?」

「待ってても……来ないから、探しに」

「そ、そうなの？」

「彼は無事なの？　びょ、病院は」

ぽろりと目に溢れていた涙が落ちた。おじさんは笑顔から一転、あせったようにカウンターの中をバタバタと移動する。

「ちょ、ちょっと待ってて」

おじさんはあちこち電話をかけ始めた。どうやらその日店にいた常連や、友人たちに聞いてくれているらしい。

「小さい町だからね、情報は集めやすいんだ」

数分後、おじさんは和希にメモを渡した。

「救急車が運んだのは山を降りたとこにある、小林《こばやし》総合病院だよ、救急施設があるから。そのままそこで入院しているらしい。あんたの彼氏、イワクラトシヤっていうんだね」

個人情報だだ漏れだが、ここは十二年前の世界。まだそういったことにそれほどうるさくない世の中なのだろう。なんにしろ、人のいいおじさんに感謝だ。

「あ、ありがとう……ございます！　ご恩は一生……っ」

「大げさだよぉ、早く顔出してやんな」

おじさんは照れて笑った。しかし和希にとっては命の恩人にも等しい。

店で電話を借り、タクシーを呼ぶと、十分ほどで来るという。和希は待っている間に犬が食べられそうな物を土産コーナーで探し、精算した。

「ほんとに……ありがとう」

店を出る前、感謝を込めてもう一度頭をさげる。おじさんはウインクして、親指を立ててくれた。


「すいません、この坂の上に……行ってください」

タクシーで犬のいる場所まで戻る。先ほどと同じように、犬はアスファルトの上に寝そべっていた。

　木陰があるとはいえ、三十度を超える気温の中、二日も食べていないのかと思うと和希は胸が締めつけられる思いだった。

「ワンちゃん！」

　タクシーを降りて呼びかけると、犬は立ちあがって尻尾を振った。

「お水と食べ物を持ってきたわ」

　和希は犬の鼻先に自分の左手のひらを出し、ペットボトルの水を開け、右手に持って注いだ。犬は猛烈な勢いで水を飲み始める。どれだけ喉が渇いていたのか、一秒も休まず舌を動かす。

「喉、渇いてたよね、かわいそうに、かわいそうにね」

　和希の目に涙がにじむ。

「ちょっと、おねえちゃん」

　背後から声をかけられ、振り向くと乗せてきてくれたタクシーの運転手だ。四十代くらいで丸い顔の、大仏さまを思い出させるような細い目をしている。

「それじゃあ水がほとんど零れちゃうだろ、これを使って」

　運転手さんがトランクから出してくれたのは、小さなバケツだ。

「車内が汚れたとき水を汲むために使ってるんだけど」

　和希は礼を言ってバケツを借りた。二リットルの水をバケツにあけると、犬はそれに顔を突っ込んでおいしそうに飲み始める。

「おねえちゃんの犬？」

和希は首を振った。

「ここで事故を起こした……バイクの人の犬、です。この犬、飼い主が戻ってくるのを待ってるようなんです」

犬の顔を見ながらだと、なんとか言葉を紡ぐことができる。和希は見知らぬ人相手に、自分史上最長の台詞をしゃべった気になった。

「へえ」

運転手さんは糸のような目をちょっとだけ大きく開いた。

「健気だねえ……。で、そのバイクの人は？」

「小林総合病院ってとこに入院してて……。私、そこに行って飼い主を探さないと……」

「そうかい」

運転手さんはうなずいた。

「その犬を連れていった方が早くないかい？」

「それが、……」

和希は犬の首輪に手を伸ばそうとした。するとたんに犬が一歩飛びすさって唸りだす。

「なるほど、動かないのか」

運転手さんもため息をつく。和希はアスファルトに膝をつき、犬の茶色い目を見つめた。

「ここにいるのね？」

犬は和希の目を見返し尻尾を振る。

「わかったわ、必ず飼い主さんを見つけるからね」

この犬がいなくなれば自分は死ぬ。けれどきっとこの子は動かない。

私はこの子を信じる。

和希はさっきの喫茶店で買ったパンとソーセージをアスファルトに置くと立ちあがった。

犬は和希を見あげ、激しく尻尾を振って、食べ物にかぶりつく。

「小林総合病院だね。ここからなら四十分くらいかな」

運転手さんが車に戻りながら言う。

「はい、お願いします」

和希はタクシーに駆け寄り、はっきりと声をあげた。


受付で三日前にバイク事故で運ばれたイワクラトシヤのことを聞く。親戚だと言うとあっさりと病室を教えてくれた。しかし、まだ意識は戻っていないと言う。

病室を覗くと、ベッドに寝ているのは若い男性——いや少年と言っていいくらいだった。まだ学生なのかもしれない。恋人というには無理があったようだ。

家族も駆けつけていると聞いていたが、幸いなことに今は病室には誰もいなかった。

ベッドサイドの戸棚にフルフェイスのヘルメットと、バイク用のグローブが置いてある。

それから……。

和希はそれを見たとたん、横たわっている少年に駆け寄った。

「ねえ！　あなたの犬なんでしょう!?　あの山にいるの」

戸棚には青い革のリードが丸めて入れられていたのだ。その横には免許証、そして犬と一緒に写っている写真。

まちがいない、彼が飼い主だ。

「ねえ、起きて！　犬が待っているのよ、あなたのことずっと待ってるの！　事故が起きたあの場所で！」

意識のない人間相手には大きな声を出せる。和希は大胆に少年を揺すった。和希の大声が聞こえたのか、看護師がドアから顔を出した。

「あら、どなたですか？」

「し、親戚です……」

とたんに声が小さくなる。

「この人、起きなくて……どうして……」

和希は看護師の白いサンダルを見つめながら言った。

「三日ほど前に山道のカーブでバイクを転倒させたんです。頭を打っていて、まだ意識が戻らないんですよ」

和希はベッドの柵をぎゅっと握った。

「彼、いつまで……」

「二週間は安静です」

「二週間!?」

それではとうてい間に合わない。窓の外はまだ明るいが、さっき受付で見た時計はもう五時を回っていた。夜まですぐだ。

「ねえ、起きて！」

再度和希は少年に声をかけた。

「だめですよ、安静にさせてください」

看護師が和希の肩に触れる。

このままではだめだ、なんとか彼の意識を取り戻さないと。

和希は顔をあげた。

目が少年のベッドサイドの戸棚に向く。そこには犬と一緒に笑っている写真があった。

あの犬を……。

犬を連れてきたら意識を取り戻すかもしれない、犬だって主人と一緒にいることを望むはず。それが犬の幸せだわ。

「あら、ちょっと……！」

看護師が叫ぶ。和希は戸棚の青いリードを摑むと、病室を飛び出した。

病院の玄関のロータリーには、ちょうどタクシーが一台だけ止まっていた。和希が駆け寄るとドアが開いたので、飛び込むようにして中に乗った。

「すいません、この先の山の──」

「飼い主は見つかった？」

タクシーの運転手はさっきと同じ人だった。

「あ、はい。やっぱり犬を……」

「連れていくんだね？　はいよ」

運転手さんはすぐに車を出してくれた。

和希は手の中のリードを見た。リードの端にペンでなにか書いてある。

H・A・N・A……？

HANA──ハナ。

これ、もしかしてあの犬の名前……。

そのまま街中を走ったあと、タクシーは山道を上る。太陽が山の際を照らしながら落ちていった。夜になる。和希の命のリミットが近づいている。

和希は運転席の時間表示に目をやりながら、リードを握りしめ、祈った。

どうか、そこにいて、ハナちゃん！

車のライトが白いガードレールを照らす。黄色い反射板がチカリチカリと瞬くように光った。

暗くなった道路をタクシーのライトだけが照らしている。

「お、いたぞ！」

運転手さんが声をあげた。

白い犬がライトにまぶしそうに目を細め、こちらを向いた。

いた！　よかった。

和希は胸を撫でおろす。

大丈夫。まだ六時すぎだ、絶対間に合うはず。あの子を幸せにしてみせる。

「おねえちゃん、もうタクシーは呼んでも来ないから、わし、ここで待っとるわ。早く犬を連れておいで」

降りる和希に運転手さんが声をかけてくれる。和希は礼を言って犬のもとに駆け寄った。犬はぱっと立ちあがって尻尾を振る。

「ハナ！」

「ワン！」

和希の声に犬は後ろ足で立ちあがって飛び跳ねた。目で追えないくらいの速さで長い尻尾が振られる。

「ハナ！　ハナちゃんよね？」

そばに行き頭を撫でる。犬――ハナは和希が左手に持っていたリードの匂いをせわしく嗅いだ。飼い主の匂いに反応しているのだろうか。

「わかる？　君のリードでしょ。君のご主人さまは病院にいるの。一緒に来て」

ハナは口を閉じ、きちんと座ると、賢そうな顔で和希を見あげた。リードのおかげだ。

そのまま和希はハナの首輪にリードをつけようとした。だが、ナスカンが固く、辺りが暗いので難しい。

「ま、待ってて」

おまけに手が震えている。

どうしたの、和希！　しっかりして！

自分で自分を叱咤するが、どうにもうまくつけられない。

「おねえちゃん、ちょっと貸して」

見かねたのか運転手さんが和希の手からリードを取った。

「よしよし、いい子だな」

運転手さんが声をかけながらあっさりとリードをつける。

「あ、ありがとうございます」

「いや、わしも犬を飼ってるからね。飼い主を待ち続ける忠犬なんて聞いたら、助けたくなるよ」

運転手さんの笑った顔が本当に大仏さまに見え、和希は手を合わせたい気持ちになった。

運転手さんはタクシーに戻った。すぐに後部ドアを開けてくれる。

「おねえちゃん、早く乗って。犬は座席の下に」

「はい」

和希はハナを軽く引っ張った。犬はリードのせいか今度はおとなしくあとをついてきて、タクシーに乗る。

「病院まで飛ばすよ」

運転手さんの声が頼もしい。

坂道をぐるぐると降りてゆく。ライトが照らすアスファルトだけが見える範囲だ。和希は足元に座るハナの頭や首を撫でながら、まっすぐ闇を見つめていた。

触れているハナのからだが温かい。この熱が生きているということだ。

私も。

生きていたい。

子供の頃は、死にたいと思っていたけれど、今、大好きな動物たちと触れ合い、自由に楽しめる日々を送っている。かわいそうだった子供の頃の分まで、楽しんでいる。

アガタは言った。未来の自分のために、と。

未来の自分も楽しませるために、今、がんばらないといけない……。

キキィーッと、急にタクシーが急ブレーキを踏んで止まった。

「きゃあっ」

和希の悲鳴にハナが驚いて立ちあがる。和希は額をぶつけた前のシートの背を摑んで、フロントガラスを見た。ヘッドライトの明かりの中に、二台の車が停まっているのが見える。その前で二人の男女が顔を突き合わせ、怒鳴りあっていた。

「おーい、どうした」

運転手さんが窓から顔を出して声をかけた。ライトの中の男女は怒った顔でこちらを向いた。

「ちょっと聞いてよ！」

女性は四十代くらいの化粧っけのない女性で、ヒョウ柄のTシャツに、ハーフパンツ、サンダルばきという、近所にちょっと出かけましたという恰好をしている。

「こいつ、あたしが女だと思って、山の下からずっと煽ってくるのよ」

「違うよ、聞いてよ運ちゃん」

こちらも普段着の男性で、日に焼けた真っ黒な顔をして、夜の中で目だけが光っている。

「このおばさんがのろのろしててさ、追い越したかったの。なのに、俺が出ようとすると幅寄せしてくんだよ、まったく迷惑なんだよ」

「なによ！　そもそもこの道は追い越し禁止なんだよ！」

「亀みてえなスピードで走るなよ！」

「ちょっとちょっと」

運転手さんはドアを開けて降りていった。

「こんなところで喧嘩されても困るよ、急いでんだからさ。とにかく車を寄せてよ」

「そうよ、さっさと寄せなさいよ」

「おまえが寄せろ！」

埒《らち》があかない。どちらも頭に血が上って人の話など聞こうとしないのだ。

後部座席で和希はハナのリードを握りしめた。

こんなことをしている間に時間がどんどん過ぎてゆく。他人のことなど考えない自分勝手な行動が、和希の命を奪ってゆく。そうだ、中学のとき、自分をいじめた人間たちと同じように。

いやだ、私は死にたくない、生きていたい。生きていたい！

ハナが和希の手をペロリと舐める。和希はハナの目を見た。まっすぐな、一途な目。この子だって一刻も早く、飼い主に会いたいはず。

「……いいかげんにしてください！」

和希はドアを開けて叫んだ。

「いい大人が人の迷惑になっていることがわからないんですか！　どちらも少し譲り合うだけで解決するんです、大切な時間を無駄にしないで！」

一気に言うと、和希は胸を押さえた。こんな大声で自分の意見を言ったのは初めてだ。心臓が破裂しそうな勢いで高鳴っている。

和希の勢いに男女は顔を見合わせ、そそくさと車に戻った。二台の車が同時にさがって道が開く。

タクシーの運転手はさっと運転席に乗り込むと、すぐに車を出した。

「いやあ、おねえちゃん。いいタンカだったねえ。ほれぼれするよ」

震えている和希の膝にハナが前足を載せる。和希はハナの首を力一杯抱きしめた。


タクシーは行きの半分くらいの時間で病院に到着した。運転席にある時計は七時半を示している。ギリギリだ。お金を払おうとすると、「いいよいいよ、早く行きな！」と手を振られた。

「犬が飼い主に会えないなんて一番不幸だからな」

運転手は大きな笑みを見せ、うなずいた。和希は運転手に何度もお礼を言ってタクシーから降りた。

病院は面会時間が終わったのか、ロビーの電気も消えて暗くなっている。玄関の前で、和希ははた、と立ち止まった。

どうしよう。やはり犬を連れて正面から病院に入ることはできないだろう。

なにかいい方法はないかと考える。もう時間がない。

だが、迷いも一瞬だった。なぜなら自動ドアが開いたとたん、ハナが和希の手からリードをもぎ取るようにして、病院の中に駆け込んでいってしまったからだ。

「ハ、ハナちゃん！」

和希はあわててハナを追う。

ハナは廊下を走った。まるで白い風のように、矢のように、細長いからだが一直線に。

幸い電気の消えた廊下には誰もいなかったが、このまま駆け回られても困る。

「ハナ、待ちなさい！　場所わかんないでしょ！」

呼んでもハナは知ったことではないとばかりに走り続ける。

「わ、私は二本足なんだから……！」

ハナは廊下の突き当たりまで行くと、壁を蹴るようにして和希のもとへと戻ってきた。

和希は非常階段へのドアを見つけ、それを開ける。

「ハナちゃん！　こっちよ！」

呼びかけるとハナはドアの外へ出て、迷いのない足取りで階段を駆け上っていく。

「そう、五階よ、あがって！」

声をかけながら和希はハナを追いかける。ハナはチャチャチャチャと爪を鳴らしながらどんどん見えなくなる。

「ストップ！　止まれ！　マテ！　ステイ！」

ハナが五階まであがったのを見て、和希はテレビで覚えた指示語を片っ端から叫んだ。

ハナはつんのめるようにして止まる。

「ちょっと……待ってて……」

和希はゼエゼエと息を切らして五階まであがった。ハナは舌を出して到着するのを待っていてくれる。

「いい子ね。この階にいるのよ、君のご主人」

床に垂れているリードの端を摑み、和希はハナの頭を軽く撫でると手元に引きつけた。

そっとドアを押し開けると、静かで明るい廊下が現れる。

「ここで捕まったら元も子もないわ、静かにしててね」

廊下はしん、と静まり返っている。夜の食事の時間も終わってしまったのだろう、誰もいなかった。

和希はともすると走りだしそうになるハナを、リードを引いてなんとか制御した。チャッチャヤッとハナの爪が床を引っかく。

「しまった……」

非常階段からのルートだと、病室へ行く前にナースステーションを通らなければならない。オープンな造りのナースステーションなので、このままでは犬が見つかってしまう。

和希は辺りを見回した。

なにかハナを隠せるものはないだろうか？　小さなチワワならともかく、この大きさとなると……。

「あ、」

いいものがあった。廊下の隅に折りたたまれて置いてある車椅子だ。

和希はハナをよいしょと抱きあげ、車椅子に乗せた。ハナは驚いたのか、せっかく乗せたのに飛び降りそうになる。

「マテマテマテ」

が、和希が「マテ」を繰り返すとしぶしぶといった感じでおとなしく椅子の上に乗った。

「ハナいい子ね。ちょっと待ってて！　マテ、よ」

次に和希は廊下にあったゴミ箱の中から黒いビニール袋を取り出す。中のゴミは申し訳ないけれどあとで片づけることにして非常階段のドアの外側に出す。

空にしたゴミ袋をハナの頭からかぶせ、息苦しくならないよう、上に少し穴を開ける。

「ごめんね、ちょっとの間だから！」

ハナは一度大きく首を振ったが、視界が覆われたせいか、動かなくなった。怯えているのかもしれない。

かわいそうだが、仕方がない。他に方法はないのだ。

「そう、いい子ね、おとなしくしててよ。マテよ」

和希は車椅子を押した。怖いのだろう、ハナが「きゅーん」と鳴く。

「ハナ、行くわよ」

足早に廊下を進み、なんとかナースステーションのカウンターの横を通り過ぎた。が、何人かの看護師が眉をひそめ、「あの、ちょっと」と言う声が背中に聞こえる。

和希はそれを無視してもはや小走りで目的の病室へ向かう。

とにかく、一目だけでもハナを飼い主に会わせることができれば。

やっとイワクラトシヤの部屋にたどり着く。

ドアを開けたとたん、ハナが袋をかぶったまま車椅子から飛び降りた。着地に失敗して鼻から床に突っ込む。

「ハ、ハナちゃん！」

和希があわててビニール袋を取り払うと、ハナはそのままベッドに駆け寄り、ぴょんぴょん跳ねる。前足を布団の上に載せ、長い鼻先を寝ている少年に押し当てた。

少年はまだ意識を失っているようだ。ハナが少年の顔を長い舌で舐め回す。

早く起きて！　あなたが起きないとハナちゃんが幸せになれないじゃない！

「なにしてるんですか、面会時間は……っ、きゃあっ、犬!?」

追いかけてきた看護師が悲鳴をあげる。

「す、すいません、この人の犬なんです！」

「だからって、ここは病室で……っ」

そのとき。

少年の手が動いてハナの頭を抱き寄せた。

「……ハ、ナ？」

「ワンワンワン！」

ハナが今までで最大の声で吠える。

「ハナ……！　よかっ、た……無事で！」

ハナの尻尾が高速で振られた。鼻を擦りつけ、舌でペロペロと少年の頬を舐める。少年の顔は、溢れた涙と犬の唾液でベタベタに濡れていた。

はーっと和希はため息をついた。

「よかったね、ハナちゃん……」

和希の声にハナがくるっと顔を回した。

「ハナちゃん、幸せ？」

ハナは大きく口を開け、舌を出す。その顔は、はっきりと笑みを作っていた。

「あ」

そのとき、左手の指輪が虹色に輝き、その光の中に少年と犬の姿が溶け込んでいった。


「おかえりなさい」

目から手を外すと、目の前にあるのは病室ではなく、白いもやの世界だ。その中に、スーツにネクタイの男性が二人、立っている。

「ここは……」

「無事に戻られましたね」

死整庁のイルマが両手を広げた。

「おめでとうございます、あなたは無事に試練を乗り越えられました」

「ほ、ほんとですか？」

「ああ、大成功だ」

アガタが、笑いを含んだ声で砂時計を指ではさんで見せた。

「いやあ、タイムリミットギリギリだったな」

止まっていた砂時計の金色の砂がサラサラと落ちている。

「ほんとヒヤヒヤしましたよ」

イルマが大げさな身振りで胸に手を当てた。

「ああ……」

和希は顔を覆った。これで私は――。

「生き返ることが……できるの？」

「はい、大丈夫です。がんばりましたね」

「がんばったのは、ハナちゃんです」

和希の言葉にアガタが笑う。

「あんたが動物好きでよかった」

「はい、……助けてもらってばかりです。一瞬だけど犬を飼う夢もかなったし……嬉しかったです……」

「犬、飼えばいいじゃないですかー」

イルマが不思議そうに言う。和希はそちらの方をちょっと睨んだ。

「うちのマンションは……動物禁止なんです」

ご存じでしょう？　と言いたげな視線に楽しげな顔でアガタが答える。

「だったら、犬を飼っている人と結婚すればいいのさ」

「……そんな簡単に」

和希はむうっと唇を尖らせた。

「そうかな？　チャンスはあると思うぜ。今みたいにしゃべることができたらな」

そう言われて和希は思わず口に手を当てた。

さっきからちゃんと相手の顔を見て話している。いじめられる前の頃のように。

アガタが手を差しだしたので、和希もおずおずとその手を握った。

「ありがとう。あなたたちのこと、忘れません」

「……そりゃ無理だな」

アガタがつぶやく。

「え？」

「残念ですが、よみがえると、ここでの記憶は失われてしまうんです」

イルマが申し訳なさそうに言う。

「え？　そ、そうなんですか？」

「はい。ここでの記憶は持っていけません。あなたは生きることができるんですから、ここへは来なかった、というわけです」

「そんな、待ってください。ハナちゃんのこと、忘れたくないんです」

「規則ですから」

「残念だがな、これ以上のペナルティは困るし」

二人の姿がもやに包まれる。急速にその場から遠ざかる感覚に、和希は思わず手を差し伸べた。

「待って！　もう一度ハナちゃんに……」

だが、指の間から見えるのは白いもやだけだった。


ぐんっと襟首を引っ張られた。そのまま顔が海面に出る。まぶしい光に目を射られ、思わず閉じる。

「大丈夫か!?　今引きあげる」

頭の上から声が降ってくる。なんとか目を開けると逆さになった男の顔が見えた。

両脇に手を入れられ、引っ張りあげられる。からだの下に硬い感触を覚え、ボートに乗せられたとわかった。

そうだ、私はさっきボートから落ちたんだった。あれ？　でもこの船って……？

「ワン！」

耳元で犬の声がした。

え？　海の上なのに？

顔をそちらに向けると白い犬がへっへっと舌を出して、まるで笑っているような顔でこちらを見ている。

「……犬？」

和希が呼びかけると白い犬はぶるぶるっと盛大に身震いして、和希の顔に海水をまき散らした。

「よかった、こいつがすぐに飛び込んで、あんたを下から持ちあげたんだ。こいつがいなきゃ、今頃は」

男は顎をしゃくってみせる。わずかに頭をあげた和希の目に、大きな流木が見えた。

「アレに頭を打たれてたら、そのまま沈むところだった」

「……この子が助けてくれたの？」

和希が身を起こそうとすると、犬がぺろぺろと顔を舐めた。

「きゃあ、やめて」

「そう。こいつ、泳ぎが得意なんだ、もう爺さんなのに」

男は和希がボートの上に座るのを手助けしてくれた。

「ありがとう、命の恩人ね」

犬が和希の顔を舐め続ける。和希は腕を回してびしょ濡れの犬を抱きしめた。

「いい子ね」

気がつくと男がじっと和希の顔を見ている。

「あんた……一度会ってないか？」

「え？」

男は犬の頭を大きな手で撫でた。

「俺、学生のとき、バイクで事故ったんだけど、そのとき一緒に乗せてたこいつともはぐれてしまって……でも、女の人がこいつを病院に連れてきてくれたんだ――それ、あんたじゃなかったか？」

「いいえ」

和希はびっくりして首を振った。

「この犬にもあなたにも……初めて会うわ」

「そう……そうだよな。十年くらい前だから、あんただって子供だよな」

子供っていうほどの年じゃないけど、と和希は思う。

男が右手をあげた。

「迎えがきてる。あれ、あんたが落ちたボートだろ？」

「え？」

そちらを見るとホエールウオッチングツアーのボートが白い波を立ててこちらへ向かってきていた。

「本当だ、ありがとう。あの、……あとでちゃんとお礼します」

不思議なことにすらすらと言葉が出て、和希はそんな自分に驚いていた。今まで人と話すことはむずかしかったのに。

「べつに、いいよ」

「ワンちゃんにお礼したいの」

和希が手を差しだすと、犬はその手を鼻先でつついた。

「そういうことなら」

男はにっと笑顔を見せた。白い歯が光る、というのを和希はアニメ以外で初めて目撃した。

「俺は岩倉俊哉《いわくらとしや》、あの父島でちっちゃいペンションやってる」

岩倉という青年は遠くに見える小笠原諸島で二番目に大きな島を指さした。

「私、佐田和希……会社員よ」

「こいつは――」

「ハナちゃん」

するっと名前が出た。岩倉俊哉は驚いた顔になる。

「名前知ってるのか？」

「え、いえ、なんとなくそうかなって思っただけ……なんでかしら。ねぇ、ハナちゃん」

名前を呼ばれたハナは嬉しそうに尻尾を振る。笑ったような表情の中、まん丸な目がきらきら輝いていた。

「ハナちゃん、かわいい。私も犬を飼いたい……」

「とりあえず、今度ペンション泊まりにきなよ。島、案内するから」

俊哉は爽やかな笑顔を見せた。

◇

「いや、しかし今回はやばかったな。対象者リストを見たときは目を疑ったぜ」

アガタは白いテーブルにつくと、ハーブティを一口飲んだ。

「犬ですからね、幸せにする相手。困りました」

イルマもやれやれとカップを手にする。

「それにしても今回いろいろ工夫しましたよね」

「最大の工夫はあの喫茶店のおやじな」

イルマはうなずいて大きくため息をついた。

「脳内にメロドラマ設定を浮かべさせるのは大変でしたよ」

「おまえの手腕もたいしたものだ」

「え、へへへ」

ほめられてイルマは盛大に照れた。

「だが俺が犬好きのタクシードライバーを用意したのも効いてただろ」

「あと、車椅子をさりげなく廊下に置いておいたり」

「リードをバッグの中から出して棚に置いておいたりな」

アガタとイルマは顔を見合わせて笑った。

「ほんとに時間あぶなかったですね」

「道の真ん中で車が立ち往生しているときにはどうしようかと思ったぜ」

「佐田和希さんも少しは人と話せるようになったみたいでよかったです」

アガタは首を傾げてイルマを見つめた。

「そういえばおまえ、最近〝対象者〟とか〝ターゲット〟とか、マニュアル用語で話さなくなったな」

アガタの言葉にイルマは「う、」と言葉を呑んだ。

「だ、だって、僕たちが相手にしているのは、ちゃんと生きている人間じゃないですか」

「ああ」

「ひとりひとり違う人なんですから……名前が違う方がわかりやすいし。いけませんか？」

「いや」

アガタは目元を優しくしてイルマを見た。

「そういうの、俺はいいと思うぜ」

「…………」

イルマはぽりぽりと頬を掻く。

「やだなあ、なんか調子狂っちゃいますよ。またからかわれるのかと思ってたのに」

「マジマジ。おまえは死整庁のいい担い手になるよ」

「死整庁――」

ふと、イルマはこの案件が始まったときのアガタと司長の話を思い出した。

「アガタさんが言ってた死整庁の……つまり『上』の真の目的……。死者を減らす以外に、本当はなにかあるんでしょうか」

アガタは目を見開き、その顔に大きな笑みを浮かべた。

「お、なんだ？　おまえもついに目覚めたか？」

「そ、そういうわけじゃないんですけど」

アガタは周囲をきょろきょろ見回したあと、テーブルに手をついて、イルマに顔を近づけ、囁いた。

「司長は言わないだろうけど、俺は『上』の目的は、人類全体の底あげだと思ってる」

「人類の、底あげ？」

「今の人間たちは精神的にまだ幼い。永い時間《とき》を経て、徐々に成熟してはきてるがな」

アガタは椅子に腰を戻した。

「俺たちがよみがえらせている人間は、巡り巡って時をまたいで、いつかその進化に貢献できるやつらじゃないかと思ってるんだ。本人の場合もあるだろうし、その子孫や、小西真菜のように関わった相手なのかもしれない。いつ、誰がどうなるかわからんが」

「はあ……」

アガタの発想が突拍子もなさすぎて、イルマはどう反応していいのかわからない。

「ほら、三森あき菜が幸せにした相手、覚えてるか」

「はい、工藤くんですよね」

「そいつの友人の宮藤は生物教師じゃないか」

「はい……」

アガタの話はどこへ向かうのか。

「もしかしたらそいつの授業を受けていた生徒が、将来、人類の進化に関係するような発見をする学者になるかもしれない。つまり、壮大な進化の――なんていうんだ、こういう、風が吹けば桶屋が儲かる、みたいな」

「……バタフライ効果？」

恐るおそる言うと、アガタはパンパンと手を叩いた。

「そう、それそれ。壮大な進化のバタフライ効果を狙ってるんじゃないかと思うんだ」

桶屋とバタフライ効果を一緒にしてもよいのだろうか？

「俺たちはそんな壮大な仕組みの中で、砂を一粒ずつ積みあげているようなものなんだ。だけど、ときにはその砂がどんな輝きを放つのか、知りたいと思うんだよ。まあ、駄々をこねているようなもんだがな。司長が黙っているのも、なんか訳があるんだろう、俺たちには思いも寄らない『上』のご意志とやらが」

アガタは肩をすくめた。イルマは『上』に対して疑問や不満を持ったことはなかった。死整庁に長くいると、アガタのようにいろいろと考えるようになるのだろうか。それは多少の怖れとかすかなときめきをイルマの中に芽生えさせる。

アガタは今までの弁論を忘れたような顔をして穏やかにお茶を飲んでいる。

「――そういえば、佐田和希さんは犬が飼えるようになるんでしょうか？」

「まあ、岩倉俊哉とうまくいけばな」

アガタの言葉にイルマはカップをソーサーにぶつけてしまった。

「え？　あの二人どうにかなるんですか!?」

「そりゃなるだろう、運命の相手だし」

「運命の相手は犬ですよ？」

アガタは椅子の背を倒してぐらぐらと揺すった。

「しかし、犬、かわいかったな。俺も昔、犬が飼いたくてなあ」

「先輩、また人間みたいなこと言って」

「だって犬かわいいだろ」

ゆらゆら揺れるアガタの肩越しに、イルマは人影を見つけ、立ちあがった。

「あ、先輩。次の方がいらっしゃいましたよ！」

その言葉にアガタも立ちあがり、右手の拳を左の手のひらに叩きつけた。

「よーし、次もちゃっちゃとよみがえらせるぞ！」

スプリング・ハズ・カム

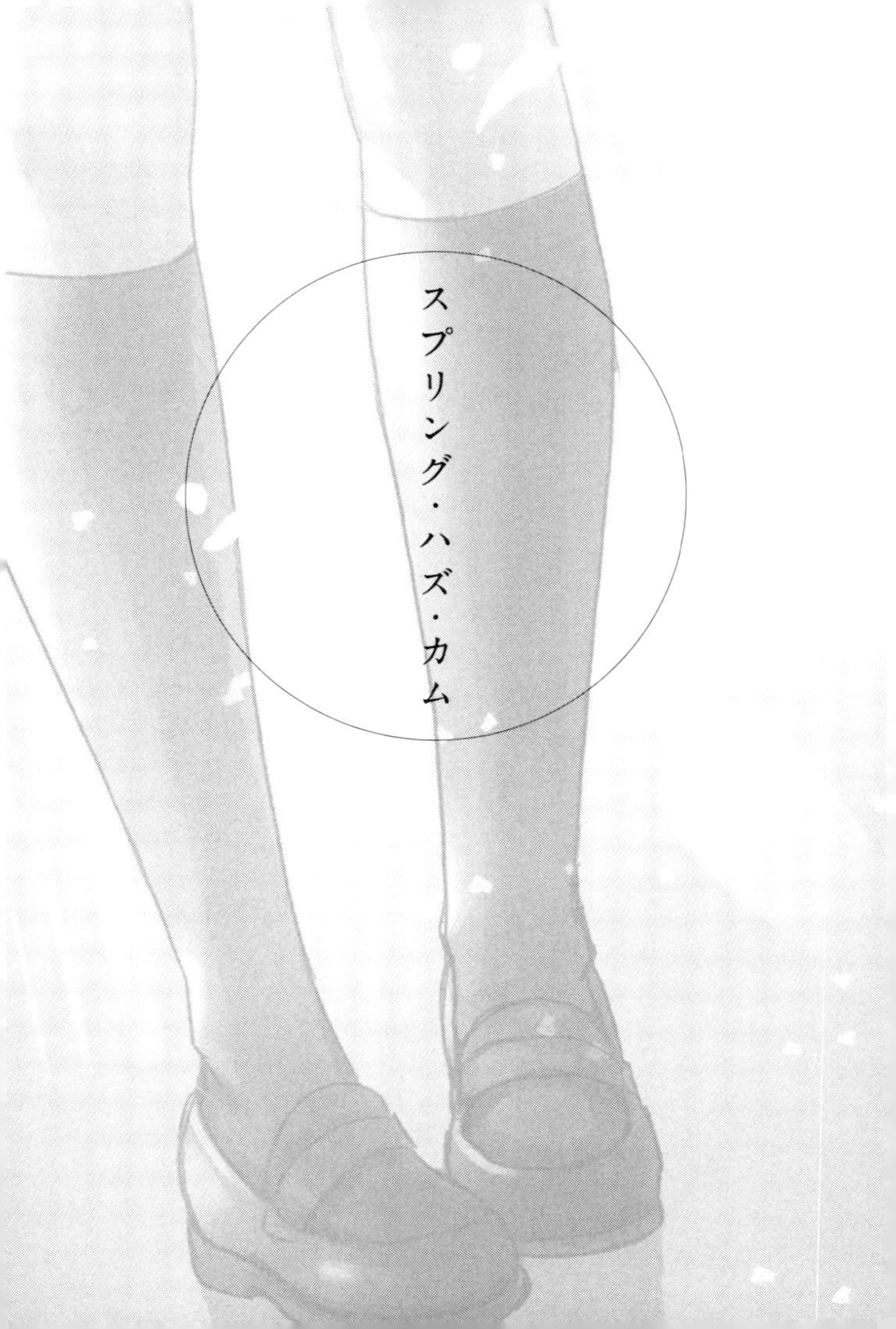

「いってきます、お父さん」

梨本朱音《なしもとあかね》は和室の小さな仏壇の前に座って手を合わせた。

写真立ての中の父親の顔は免許証から取ったせいで、かなりボケている。朱音が生まれる前に交通事故で亡くなった父親は、写真嫌いだったから、亡くなったとき遺影に使えるものがなかったらしい。

生真面目にまっすぐ前を向いている顔からは、笑った表情など想像できないが、生きていればきっと笑みを向けてくれただろう。なにせ、今日は朱音の入社式なのだ。

面接に面接を重ねてやっと入社できた食品会社。規模は小さいが将来性に期待できる……と就職情報誌には載っていた。

「あたしもがんばるんで、見守っててください」

頭を下げ、お鈴《りん》をチーンと鳴らす。

「朱音、そろそろ行かないと」

「はぁい」

心配そうな母親の声に、朱音は返事をしながら立ちあがった。

「ようし、いっちょ行ってくるか」

右手の拳を左の手のひらにパアンと打ちつける。

「がんばってね。浮かれて転んだりしないでよ」

そんな朱音に母親は不安げな顔をする。

「会社で気に食わない人がいても、いきなり摑みかかったり殴ったりしちゃだめよ」

「お母さん、あたしをなんだと思っているの」

「だっておまえ、大学でも先生を投げ飛ばしたりして」

「それはあの教授がセクハラしたからよ」

朱音はスプリングコートを羽織りながら言った。

「商店街でもゴミバケツを振り回したり」

「引ったくりがいたからでしょうが」

「いくら柔道でインターハイ優勝したからって世の中には怖い人はたくさんいるのよ」

くるりと振り向き、母親の両手を摑む。

「いや、あのね。あたしだってもう二十歳《ハタチ》超えた大人なんだから。そう簡単に手を出したりしませんって」

「足も出しちゃだめだよ、口もだめ。もう、とにかく一年はおとなしくしてるんだよ」

「まだ入社式なのに。お母さんは心配性だなあ」

苦笑を浮かべる朱音に母親は目を潤ませる。

「だって、おまえが社会人だなんて、ほんとに夢みたいなんだもの。柔道一直線でオリンピックのことしか考えていなかったようなおまえが……。お父さんが生きていたらとても喜ぶわ。だってお父さんも食品関係の会社だったんだもの。同じ道を選ぶなんて、ねえ……」

「ああ、ほらほら。新生活の門出に泣かないでよ」

母親はぐすん、と鼻をひとつすすると、

「……ごめんなさい。ほんとにお父さんに一目見せてあげたかったよ」

と泣き笑いの表情になった。

「あの人けっこう涙もろいから、きっと今頃天国でうれし涙流しているわ」

「これからはあたしがお父さんの分までお母さんに楽させてあげるからね！　じゃあ、いってきます！」

「気をつけてね。車に注意して。よそ見してなにかにぶつかったり、どこかに落ちたり、コケたり滑ったりするんじゃないよ。お父さんみたいに事故に遭ったら――」

「はぁい、はい」

母親のくどくどと長引く注意をドアを閉めて終わりにすると、朱音はアパートの階段を駆けおりた。通りに出ると、いつも朝、道を掃除してくれている保谷《やすたに》さんがいる。

「おはようございます」

「おはよう、朱音ちゃん。今日から会社？」

「はい、今日入社式なんです」

「そう！　よかったねえ、気をつけてね」

「はい、ありがとうございます」

保谷さんには去年からずっと就活のために朝から出かけていた姿を見られている。内定が出たと報告したときには、自分の娘のことのように喜んでくれた。

月見通《つきみどお》り商店街のアーケードに入ると、つい最近までバイトをしていた酒屋の主人が手を振ってくれた。

「朱音ちゃん、おはよう、がんばれよお！　帰りにうちに寄りなよ」

「はあい、いってきます！」

「朱音ちゃん、今日はうちの店でお祝いしようよ」

焼肉屋の主人も顔を出す。この店ではインハイで優勝したときも、盛大にお祝いしてもらった。

「焼肉は週末のお楽しみに取っておきますー！」

「そりゃそうだ、会社入ってすぐに飲んでいる場合じゃないよ」

隣の豆腐屋の女将さんが笑う。

「朱音ちゃん、おはよう」

「おはようございます」

朱音にとって、月見通り商店街の人たちは、みんな顔馴染みだ。朱音が生まれる前からあるアーケードは、子供の頃から買い物に行き、挨拶を交わし、遊び場になったり勉強の場になったりしていた。

この近所の子供たちはみんな商店街の子供だと言っても過言ではない。そんな古き良き関係性が残っているこの街が、朱音は大好きだった。

特に朝の商店街が好きだ。次々とシャッターが開き、店がどんどん目覚め、活気づいていくのが楽しい。

「今日から会社だね、がんばって！」

「ありがとうございます」

働き者の店主たちと挨拶を交わし、気持ちがどんどんあがってゆく。

なんといっても今日から朱音の新生活が始まるのだ。駅までの道を歩く足がどんどん速まるのを止められない。

入社式ってどんなかな、同期はどんな人がいるんだろう、自分はどこに配属されるのか。

不安はなく、期待だけが胸を膨らませる。

朱音は商店街を抜け大通りに出た。道路を渡る歩道橋を、まっすぐ空を見て駆けあがる。

「あっ」

と思ったら。

白い雲が浮かんだ青空がすうっと遠ざかっていった。


「あれ？」

朱音は恐るおそる目を開け、見える景色に驚いた。

「ここ、どこ？」

今、歩道橋の階段を踏み外して転がり落ちたはずだ。とっさに受け身をとったと思ったが……。

周囲はすべて白いふわふわとしたものに覆われている。尻餅をついたような恰好だが、その尻の下も、ふかふかと沈むような感触があり、頼りなかった。

「ちょっと、まさか。やめてよ」

朱音は急いで立ちあがった。両手を握ったり開いたりして感覚を確かめ、顔やからだをばたばたと叩いてみる。

——痛い。大丈夫だ、意識もある。

「そうよ、まさかね。こんなところで死ぬなんてないわ、っていうか、死ぬわけにはいかないのよ、はっはっは」

「死んでませんよ」

声をかけられ、朱音は飛びあがった。足元が頼りなくてもジャンプはできるんだ、などとどうでもいいことが頭をよぎる。

「だ、誰！」

「シセイチョウのものです」

背後に立っていたのはスーツを着た男性二人。若いのと中年だ。

「しせい町？　そんな町、知らない……」

「違います。死を整えると書いて死整庁。ここは生と死の狭間の世界です。あなたは今、生死の間をさまよっているんです」

若い方が真面目な声でそう答え、自己紹介と朱音の今の状況を簡単に説明した。中年の方は黙って朱音を見つめている。

「う、そ」

「本当です」

「嘘、マジやめて」

朱音は目の前のもやを勢いよく手で払いのけた。

「あたし、今日入社式なのよ。あたしがこの会社に入るまでどれだけ苦労したか、あんた、わかってんの？　去年の夏から二十七社受けて、十二社は書類で落とされて十三社は面接で落とされて、一社は個人的につきあったら入社させるって言われたから面接した親父をぶんなぐって、そんなこんなで苦労に苦労を重ねてやっと入れた会社なんだよ！」

「それは、ご苦労様です」

イルマと名乗った青年は、もやを頭でさげるようにして礼をした。その隣でアガタという名だと紹介された男が立ち尽くしている。こころなしか、こわばった顔をしていた。

「大学の同期や部活の仲間と何度も悔し涙を呑んで、励まし合って、なぐさめ合って、ようやく入社できたのに。入社式が終わったらみんなで集まって祝杯をあげるのを楽しみにしてたのに、なんですって？　生死の間？　ふざけんな！」

「ふざけていません。あなたは歩道橋の階段で空き缶を踏んで足を滑らせたんです」

「誰だっ！　空き缶捨てたの！」

「そ、それはわかりませんが。とにかく、あなたは今そこで頭を打って生きるか死ぬかの瀬戸際にいます」

「この……っ！」

朱音はイルマに摑みかかった。ピンクのネクタイを片手で引っ張る。

「なんでよ！　なんであたしがそんな目に遭うのよ、あんたなの？　あんたが空き缶捨てたの？　っていうかあたしが階段から落ちて死ぬはずないのよ、柔道部のエースなのよ！」

いきなり相手に摑みかからないように、と今朝母親に言われたばかりだったが、もうそれも吹っ飛んでいる。

「お、落ち着いてください、私のせいじゃありませんよ！　は、離して！　先輩、助けてくださいよ、なにやってるんです！」

イルマが悲鳴をあげ、アガタははっとした顔をして、ようやく動いた。

「元気がいいなあ、おまえ」

アガタは苦笑気味に割って入る。

「よく聞けよ、朱音。おまえはまだ死が決定したわけじゃない。俺たちもおまえの死を望んでいるわけじゃないんだ……。俺たちは、できれば助けたいと思っているんだよ」

穏やかな声でゆっくりと話しかけられ、ようやく朱音の気持ちも落ち着いてきた。朱音はイルマのネクタイを離し、その場にしゃがみ込む。

「ツイてない……入社式の日に空き缶を踏んで歩道橋から落ちるなんて」

「大丈夫だ、まだ間に合う」

アガタの声が柔らかく耳に届く。

「就活で履きつぶしたパンプスの代わりに、お母さんが新しい靴を買ってくれたの」

「そう、か」

「スーツはそのままだけど、ブラウスは新品なのよ」

「ああ」

朱音は顔をあげ、両手でぎゅうっとこぶしを作った。

「信金の安藤《あんどう》さんが社会人になったらぜひうちで口座をって言うから、うんわかった、作りますって約束したのに。バイト先の酒屋のおっちゃんは入社祝いにってシャンパンを用意してくれてたのに……」

「みんな応援してくれたんだな」

しみじみといたわるようなアガタの声に、涙が出そうになった。だが、

「死ぬわけには……いかないのよ！」

朱音は立ちあがり、二人の男を睨みつけた。

「どうすればいいの？　なにをすればあたしは助かるの？」

「簡単さ。難関の入社試験を突破してきたおまえなら」

朱音はぐっと力を入れて拳を握った。

「ええ、やるわよ。どんなテストだって受けて立つわ！」

「よし、受理したぞ。さあ、とりあえずこっちに座れ」

男が手を差し伸べるともやの上に白いテーブルと細い脚を持った椅子が出現した。テーブルの上にはティーポットとカップが置かれている。

もうこの程度では驚かない。朱音は椅子を引くと、どすんと尻を乗せた。

「さて、」

二人の男も目の前に座る。アガタは唇を引きあげ、笑みを浮かべている。

どこかで会ったこと、あるような気がする……。

朱音はアガタの顔をまじまじと見たが、思い出せなかった。

イルマが朱音に香りのいい紅茶を出してくれる。

「どうぞ、落ち着きますよ」

さっき首元を摑みあげたのに、微笑んでくれる。長めの前髪の下から色の薄い瞳が朱音を見つめた。今まで周りにいた体育会系の男子とはまるで違う、王子様のような人だ。

「先ほどはすみませんでした。よろしくお願いします」

朱音はよそゆきの声で謝った。

「まあ、みなさん、こちらにいらっしゃるとびっくりされるみたいなんで」

イルマは気にしていない、と首を振る。

「まあ、しかしいきなり襟元締めあげられたのは初めてだよな」

アガタが笑って言う。

「ほんとにすみません……あたし、短気な性質で」

「いや、気にするな。こいつがもったいぶってまどろこしい言い方したからだよな」

アガタはイルマの頭をわしわしとかきまぜた。

「……先輩」

「なんだ？」

イルマは乱れた前髪の下からアガタを覗く。

「なんか先輩、今回様子が違いますね？」

「様子？　なんだよそれ」

「だって、なんだか朱音さんに優しいじゃないですか」

アガタは不満げなイルマの言葉に大袈裟にのけぞり、背もたれに寄りかかった。

「入社式に死んでしまうなんて悲惨じゃないか、俺だってたまには同情くらいするぞ」

「先輩が同情ねえ……」

花の香りがする紅茶を飲みながら、朱音は二人を観察した。あの世の住人だと言っていたが、ずいぶん人間くさい。

そんな朱音の視線に気づいたのか、アガタが頭に手をやった。

「ああ、すまん、話に入ろう。……おまえが余計なことを言うから」

アガタがイルマをつつく。イルマはむうっと口を尖らせてむくれた。

「さて、梨本朱音。おまえが、これからよみがえるために行う試練だがな」

朱音は紅茶のカップをソーサーに置いた。カチン、と高い音がする。

「おまえは誰かを幸せにすればいい。相手はその、」

とアガタは指を差した。

「指輪が教えてくれる」

「わ、いつの間に！」

朱音は自分の左手にはまっている指輪に驚いた。

「幸せにする対象に会うと、光るんです。死整庁のアイテムです」

イルマはちょっと自慢げだ。

「そしてこれがあなたの人生を示す砂時計。今、砂が止まっているのはあなたの死を止めているからです」

朱音はテーブルの上にある小さな砂時計を見た。たしかに金色の砂が止まっている。

こんな小さなものがあたしの人生……？

「おまえの仕事はその相手に幸せだと言わせればいいんだよ。制限時間は四時間。それがおまえの生を得るための試練だ。俺たちもサポートするからがんばれよ」

あっさりと言われたが、あまりに予想外の言葉で意味がよくわからない。

「し、幸せ？　幸せって、なに……」

「さあ、行ってこい。おまえはおまえの生を、大切な人生を、自分で摑み取ってくるんだ、いいな、……朱音」

アガタの声が耳の奥に深く響いた。

「待って、待ってよ。どうすればいいの、もっと教えてよ、お願い……」

白いもやが目の中に飛び込んできそうになったので思わず目を閉じ――次に開けたとき
は風景が変わっていた。

そこは先ほどの白い世界とは違い、ちゃんと色がついている。

緑の木、赤いチューリップ、黄色いパンジー、水色の滑り台、砂場、ブランコ、ベンチ
……さほど広くない面積に、いろんな遊具が詰め込まれている。

「ここ……公園……？」

朱音は周囲を見回した。よくある児童公園だが、朱音の記憶にはない場所だ。

「どこよ、ここ」

日差しが柔らかく全身を包んでいる。うららかな春の日。

はっとして自分のからだと持ち物を確認した。ばたばたと叩いたからだはしっかりと実
体がある。

「よかった、生きてる」

朱音はほっとして息を吐いた。

バッグも持っている。会社に行くためのビジネスバッグ。服は朝出かけたままのスーツにパンプスだ。バッグの中から携帯を取り出してみると、日付は一昨日――入社式の二日前を示していた。

――時間が戻っているの!?

三月三十一日土曜日、午後一時。この日はたしか、大学の子たちと迫る入社を祝って昼からランチに行っていたはずだ。

左手を見ると、さっき死整庁とやらではめてもらったシルバーの、飾りけのない指輪がある。引っ張ってみたが、ピッタリ収まっていて回りもしない。

太陽の光を反射してはいるが、光っているようには見えなかった。

「誰かを幸せにって言ったって、誰もいないじゃん……ほんとにこの指輪が光るのかな」

温かな日差しに満ちているが、公園の中には人の姿はない。まずは幸せにする相手を探すところから始めなければならないのだろうか。

「あと四時間って……今日の五時までか」

ここにいても仕方がない、と朱音は公園を出ようとした。その視界の隅に、一瞬、動くものがある。

「え?」

振り返ると無人のベンチの上に、さっきは気づかなかった固まりがあった。まるで白い布のような……。

と、それがもぞもぞと動いた。今にもベンチから落ちそうだ。

「まままま待って！」

朱音はベンチに駆け寄って、その白いものを抱き止める。それは——。

「マジか……」

白い産着を着た赤ん坊だった。大きな目とぽやぽやの薄い髪、涎で濡れているピンクの唇。男の子だろうか、女の子だろうか。

そのとき、朱音の指輪が白く光った。抱いている赤ん坊が見えなくなるくらいのまぶしさで。

「え？　ってことは……」

——この赤ん坊に幸せだって言わせる……？

「ちょ、待ってよ！　いくらなんでもそれは無理でしょ？　だいたいこんな赤ちゃんじゃ、幸せどころかなにもしゃべれないじゃん！」

朱音は赤ん坊を抱き天に向かって叫んだが、返事があるはずもない。しばらく困惑したまま立ち尽くしていた。

が、このままいても時間を浪費するだけだ。赤ん坊を抱きかかえたまま、朱音は近くにあったコンビニに入った。

幸い、赤ん坊は泣きもせず、朱音の腕の中で静かに寝ている。

とりあえずこの子に必要なものを買おうと思ったのだが。

「まったく、なにが悲しくて彼氏もいないのに赤ちゃんの世話をしなくちゃなんないのよ。っていうか親はどこなのよ、ベンチに子供を置いたままどこ行ったのよ」

朱音はぶつぶつぶつやきながらコンビニの棚を見て回る。

「っていうか、コンビニに赤ちゃんのミルクとか売ってるのかな？　……売ってたよ、すごいわコンビニ」

粉ミルクやオムツに加え、ほ乳瓶まである。

朱音が中くらいのサイズのミルク缶を手にしようとしたとき、片手で抱いていた赤ん坊がもぞもぞと動いた。

「ちょ、ちょっと動かないで。落ちちゃうよ」

抱き直そうと両手でからだを抱えて驚いた。

「なにこれ……」

それは赤ん坊ではなかった。もう三歳くらいの子供になっている。しかも青いシャツと青い半ズボンを穿いた、男の子だ。

「きゃあっ」

思わず手を離すと、男の子はするりと朱音のからだを伝い、床に下りた。そしていきなり走りだした。

「ちょ、ちょっと！」

子供は走りながら陳列棚にあったパンを片手で払った。ばさばさとパンが床に落ちる。

「あんた、なにすんの！」

「きゃうーっ！」

子供はけたたましい笑い声をあげた。続いて彼の標的になったのは菓子の棚だ。両手で摑んで次から次へとぽいぽい放りだす。

バラバラと色とりどりのパッケージが床に落ちた。

「ちょっと！　お客さん！」

朱音が唖然として固まっていると、レジの向こうから男の店員が血相を変えて飛びだしてきた。

「あ、あ、ご、ごめんなさい！」

朱音は子供を捕まえてそのからだを入り口に引っ張っていく。

「すみません、ごめんなさい！」

そう言いながら外へ逃げると、子供は朱音の手を振り払い、走りだした。

「あ、危ないから走らないで！　ねえ！　ちょっと待ってよ！」

朱音はその小さな背に怒鳴る。あの子供がさっきまで赤ん坊だったのは確かなのだ。そしてあの子供を今日の五時までに幸せにしないと朱音は生きられない。

「待ちなさい！」

朱音は子供を追いかけた。子供は笑いながら、くるくる回りながら、ときどきジャンプをして走り続けている。途中で街路樹に抱きついたり、郵便ポストをくるりと回ってみたり、散歩中の犬の上を飛び越したり、やりたい放題だ。

ふっとそのからだが歩道から車道に飛びだす。

「危ないっ！」

なんとか追いついた朱音は子供のシャツの襟首を摑んで歩道に引き戻した。目の前を車が勢いよく走ってゆく。勢い余って子供は背中から地面に倒れ込んだ。

「なにやってんの！　飛びだしたら危ないでしょうがっ！」

朱音は真剣に怒った。その子供が自分の生死を握っている、というのは頭から消えていた。

子供は怯えた目で朱音を見ていた。その姿は、もう五歳くらいになっている。走っているうちに成長したというのか。

しかし、今の朱音にはそんなことで驚いている暇はなかった。子供を立たせて両腕を押さえ、彼の目線に合わせてしゃがむと目を三角にして怒鳴りつける。

「信号見なさい、赤よ！　赤は止まれよ！　っていうか一人で道路に出ちゃだめ！」

「う……」

子供の顔がべしょっと崩れた。とたんに大声をあげて泣きだす。

「うわーん！」

「ちょっと……」

これには困った。朱音には兄弟がいない。小さな男の子が泣きだしたときの対処法など、就活用のマニュアルにはなかった。

子供は「うおー、うおー」とサイレンのように大声で泣いている。行き交う人が何事かとこちらを見ていく。

「えーっと……」

——自分が小さい頃はどうだっただろう。叱られて泣いて、そうしたらお母さんはどうしてくれたっけ……。

「……ったく、もう」

朱音はしゃがみ込むと、男の子を抱き寄せた。ぽんぽんと背中を叩く。

「もう泣かないの。悪いと思ったらそれでいいから。もう怒らないから」

考えてみれば記憶の中の母親は甘かった。いつも怒ったあと、泣きだす朱音にお菓子をくれたり抱きしめたり思いっきり甘やかしてくれたのだから。

声をかけながら何度か背中を撫でたり叩いたりしているうちに、子供はしゃくりあげ、すすりあげ、ようやく動物の遠吠えのような泣き声を止めてくれた。

「うん、いい子ね」

朱音は子供の頭を撫でた。

「あら、膝小僧、擦りむいちゃったわね。ごめん」

さっき引き戻して転ばせたときの傷だろう。膝頭が赤く擦りむけ、血が滲んでいる。

「ちょっと待ってて。絆創膏《ばんそうこう》持ってるから」

朱音はバッグの中から絆創膏を出すと、それを膝に貼ってやった。

「ほら、もう大丈夫。ちちんぷいぃ」

「チチンプイ？」

子供が首を傾げた。

「そうよ、おまじない。すぐ治るわ。っていうか、もうしゃべれるのね」

朱音は改めて子供を見る。今は緑色のトレーナーに茶色い半ズボンの姿に変わっていた。トレーナーには人気アニメのキャラクターのイラストが描かれている。

「あんた……大きくなったわね、もう幼稚園くらいかな」

まじまじと子供の顔を見ながらつぶやく。

「このくらいの年なら話せるわね。あたしは朱音っていうの」

「……アカネ？」

「そうよ。朱音お姉ちゃん。それであんた誰なの？　お名前は？」

「なまえ……？　えっとね、タイチ……タイチってゆうの」

「そう、タイチくんなの。おうちは？」

「わかんなーい」

タイチはそう言うとケラケラ笑った。

どうして公園にいたのかを聞くと、「ずっといたよ」としか答えない。なぜ急に大きくなったのか、という問いにも首を傾げるだけだ。自分でもわかっていないのかもしれない。

これからどうしよう、と朱音はタイチの手を取った。タイチは朱音を見あげて、「おさんぽー？」と無邪気に首を傾げる。

どこに行くあてもなかったが、タイチが手を引っ張るので、仕方なく朱音は通りを歩きだした。

「ねえ、タイチ。あんた幸せってわかる？」

「シアワセ？」

タイチはまぶしそうに目を細め、行き交う車や店を見ている。

「そうよ、あんた、今、幸せ？　幸せなら幸せだと言ってね。あたし、あんたにそう言ってもらわなきゃいけないのよ」

「わかんない、シアワセってなに？」

「なにって言われても……幸せの定義？　小論文のテーマになりそうよね」

朱音は考え込んだ。

「うーんと、嬉しいとか楽しいとか、満足したとか、そういうとき幸せだなぁって思うのよ。おいしいもの食べたり、温泉入ったり。わかる？　タイチ。あんたなんか楽しいことないの？　したいことないの？」

「うんとねえ」

タイチは朱音の手をぎゅっと握った。

「はしったりわらったりないたりしたかったよ。おこられるのもしたかったけど、さっきこわかったからもういいや。あとねえ、おうた、うたいたい」

「お歌？」

　タイチは朱音の顔を期待に満ちた目で見た。

「うん、アカネおねえちゃん、おうた、うたって」

「ええー」

　朱音は思い切り顔をしかめた。

「そんなの面接でも言われなかったのに。あたし、歌苦手なんだよ」

「おうた、きらい？」

「嫌いじゃないけど、下手なんだ」

「うたってよ」

「ここでー？」

　場所は歩道のまん中だ。大勢の人が行き交っているのに。

「ねえ、うたって！」

　タイチの声が大きくなる。

「うたって、うたって、うたって！」

「わかった、わかった、わかったから——だーっ、黙れ！」

　朱音は連呼するタイチの頭を押さえた。

「じゃあ、あんたも歌うのよ。朱音お姉ちゃんのあとから同じように歌いなさい」

朱音はタイチの手をぎゅっと握ると、小さな声で歌いだした。

「ちょうちょ、ちょうちょ」

「ちょおちょ、ちょーおちょ」

童謡を歌うなんて何年ぶりだろう。子供の頃は母親と保育園の行き帰りによく歌ったものだが。

タイチはこの歌が気に入ったようだ。何度も朱音にねだっては一緒に歌う。

ちょうちょちょうちょと歌っている間に、大通りにぶつかった。どうやらバス通りに出たようだ。

タイチは後ろから走ってくるバスを見て、目を輝かせた。

「バスだ！　ねえ、バス乗りたい！　バスに乗ろう！」

「ええ？　ど、どこへ行くの？」

「バスに乗るんだ！」

急にはっきりしゃべるようになったタイチは、朱音の手を引っ張って、むりやりすぐ先にあったバス停に立たせた。ほとんど同時にバスが停留所に止まる。案内板を見て、朱音はここが神奈川県横浜市だとわかった。朱音にとっては初めての場所だ。

他に待っている客はいなかった。開いたドアを見て、朱音は仕方なくバスに乗り込んだ。

バスは空いていて、タイチを二人がけの窓際席に座らせ、その隣に腰を下ろす。やれやれ、と顔をあげたときには、タイチの姿がまた変わっていた。

小学校一年生くらいだったのに、もう六年生並みに大きくなっている。トレーナーもアニメの絵ではなく、英文字が胸に躍っていた。朱音は思わず辺りを見回したが、他の乗客は誰もその変化に気づいてはいないようだった。

「いい加減、慣れたと思ったけど、やっぱりいきなり大きくなられると心臓に悪いわー」

朱音はぼやいたが、タイチの方は窓から道路や町の様子を見るのに夢中だ。

「バス、すげー早い。ねえ、アカネ。俺、バスの運転手さんになりたいな」

――俺、だって。さっきまで赤ん坊だったくせに、もう俺なんてエッラそーに。

朱音はおかしくなってタイチの横顔を見つめた。丸い頬、意外とたくましい眉、短く切った髪、丸くて大きな目は変わらないが、そこにはもう幼児だった頃の弱々しさはない。

「あ、トラックだ。でけえ。トラックの運転手もいいな。ねえ、アカネはなんの運転手になりたい？」

「あたしの選択肢に運転手はなかったなあ」

「そうなの？　じゃあアカネはなにになりたかったの？」

タイチの丸い目がふいにこちらを覗き込み、朱音はどきりとした。

「なにって……会社に入れればそれでよかったのよ」

「会社に入ってなにするの？」

「事務、かなあ」

我ながら夢のない答えだと思いながら返事をする。

「それっておもしろいの？」

「仕事におもしろいとかおもしろくないとか、ないわよ」

「ええー？　おもしろい方がいいじゃん」

「そりゃあそうだけど」

会社に入っておもしろい仕事ができればそれは楽しいだろうが、たいていの場合そうでないことの方が多いのではないか。

「おもしろくない仕事なら、アカネがおもしろくすればいいんだよ。アカネはいくらだって仕事ができるし、アカネにしかできないことだってあるよ」

「そう……かなあ？」

朱音にはまだ仕事のイメージが湧かない。

――おもしろい仕事、か……。

「ああ、でも、うちの会社、食品関係の会社でさ、高齢者の介護食を考える部署があるんだ……。それがいいなあと思って履歴書出したんだった」

そうだ、いろいろと会社案内を見ている中に、介護食のパンフレットがあって、最初はそれでこの会社に興味を持ったのだった。父親が生前、食品関係の会社で働いていたということも頭にあったし。

決してなんでもいいと思ったわけではなかった。

「おじいちゃんやおばあちゃんたちが、おいしく食べられるものを作りたいなって。あたし、子供の頃おばあちゃんに育てられたのよ。うち、お父さんいなかったからお母さんが仕事に行ってる間ね。……まあ、その仕事がおもしろいかどうかはわかんないけど、その部署に行きたいって面接ではアピールしたの。そこに配属されたらがんばるわ」

「そっかあ、アカネはがんばるのかー」

　タイチは嬉しそうに言った。

「俺、応援してるよ。アカネはきっとできるよ」

「あら、タイチにそう言ってもらえると嬉しいわ」

　タイチは窓の外を見て、いろいろな車に視線を動かしてゆく。

「俺もいろんな車、運転する人になりたいな、ねえ、どうすれば運転手になれるの？」

「うーん、まずは免許を取らないとねえ」

「免許かー」

　タイチは大人のように腕組みをして考え込む。

「免許って取るの、難しいの？」

「そうねぇ、よくわかんないけど、就職活動よりは楽なんじゃない？」

　朱音はつい相手が子どもだということを忘れて、真面目に返してしまう。

「そっか、じゃあ俺もがんばって免許取りたいなー」

　タイチは楽しそうに外に目を向けた。

「ねえ、タイチ。楽しい？　幸せ？」

小声で聞くと、

「んー、楽しい」

と返事が返ってきた。幸せ、という言葉は出てこなくて、朱音はがっかりする。ちらっと腕時計を見ると、もう三時を回っている。残された時間はあと二時間を切っている。さすがに朱音も焦りだした。

「ね、ねえ、ちょっとでいいからさ、幸せって言ってみてよ。あんたのその言葉にあたしの生死がかかってんだから」

「あ、降りよう、アカネ！」

タイチが急に立ちあがった。

「降りる、降りよう、降ろして！」

タイチが大声で騒ぎだしたので、朱音はあわてて停車ボタンを押した。

バスが止まった場所は住宅街のようだった。

周りには建て売りらしい似た家が、ほとんど新築のような装いで、ずらりと並んでいる。

バスから降りたタイチは、迷いもせずに歩きだした。

「なに？　ここ知ってる場所なの？　タイチのおうち？」

朱音の問いにも答えず、タイチはずんずん歩いていく。

午後の住宅街に人影はなく、どこからか犬の吠える声がしていた。なだらかな坂になっている道を下りきった辺りで、タイチは足を止める。

一軒の青い屋根の家の前だ。茶色の煉瓦塀で囲まれ、黒い門から玄関へのアプローチは三段ほどの階段になっており、桜草の鉢植えが三つ置かれていた。

タイチはその家をじっと見つめた。

「どうしたの？　タイチ。もしかして、ここタイチのおうちなの？」

「アカネ、お願いがあるんだ」

振り向いたタイチの顔が中学生のように大人びていた。いや、そうではない、彼はまた成長していたのだ。

「この家の人に伝えたいことがあるんだ。頼まれてくれない？」

さっきまで半ズボンだった少年が、今は細身の灰色の制服のようなパンツに長い足を包み、柄のない白シャツを着ている。背は一気に伸びて、百五十八センチの朱音にしっかりと目線が合った。

「……タイチ、だよね？」

たしかに顔には今まで一緒だった子供の面影がある。しかし、こんな表情は今まで一度も見たことがなかった。

憂いを帯びたまなざし、陰のある頬。ひょろりと背の高い、寂しげな顔の少年がそこにいた。

「アカネ、お願いだよ」

タイチは朱音の目を見つめ、その両手を取った。声も低く変わっている。変声期が過ぎたようだ。

「そうしたら俺は言うから。アカネのほしい言葉をなんでも、いくらでも」

「ほ、ほんと?」

——そうすればあたしは生きられる。なにを迷うことがあるだろう。

「なにを……伝えればいいの?」

タイチは朱音に身を寄せると、その耳にある言葉を囁いた。


——ピンポーン。

呼び鈴の響きが外まで聞こえる。朱音は門扉の前でドアが開くのを待った。

「はぁい」

やがて玄関のドアが開いた。顔を出したのは四十代くらいの女性だった。

「どちら様?」

女性は三段下の柵の前にいる朱音の姿に、不審そうに首を傾げた。

たしかにリクルートスーツの若い女が家を訪ねてくるというシチュエーションはあまりない。もしかしたらなにかの営業だと思われたかもしれない。

「ええっと、あのぅ」

朱音にしてみても、見も知らぬ人に意味のわからない言葉を告げるのは初めての体験だ。

「あの、タイチくん、という男の子をご存じですか」

朱音がそう言った瞬間、女性のすべての動きが止まった。

「その、タイチくんからの伝言です。あの、〝あなたのせいじゃない〟、って。あの、伝えましたからね、それでは失礼します、お邪魔しました！」

後半を言っているときにはもう逃げだす体勢に入っていた。彼女の表情がみるみるうちに変わっていったからだ。

驚愕、悲しみ、怒り、絶望、喪失感。

そういった言葉によって表されるような顔。さまざまな思いが彼女の面《おもて》を覆っては消えてゆく。

「待って！」

女性が悲鳴のように声をあげた。三段の石段を飛びおりるような勢いで駆けてくる。

「どういうこと、なんでタイチ、タイチを知ってるの？　タイチが、タイチの伝言って」

ガシャン、と女性のからだが門扉の柵にぶつかった。

朱音は息を呑んだ。自分がなにかとんでもないヘマをしたような気がした。見知らぬ人を傷つけたような、いたずらにその感情を煽り立てたような後悔が押し寄せる。

「アカネ、走るよ」

塀の外側に隠れるように立っていたタイチがぐっと朱音の手を摑んだ。その力強い腕に引かれ、朱音は一緒に走りだす。

「――待って！」

門扉を開けて女性が叫んでいる。

「待って！　あなたは――！」

タイチはちらっと背後を振り返った。女性が顔を押さえて立ちすくむ。

「……ああ……」

駆けだそうとした女性の膝が折れ、そのからだが地面に崩れる。

「待って……行かないで……」

離れた距離なのに、朱音には女性の涙で濡れた言葉がはっきりと聞こえた。

「タ、タイチ！」

朱音は走りながら少年に呼びかけた。

「あの人、待ってってって言ってるよ！　ねえ、どういうこと」

「いいから走って！」

タイチの腕の力は強く、足取りは軽やかだ。朱音の新しいパンプスは走るのには向いていないが、それでもなんとかその速度に追いついていった。

バス通りまで出て、タイチと朱音はちょうど来たバスに、行き先も見ぬまま飛び乗る。

「はあ、はあ、はあ……」

乗客のいないガラガラのバスの中で、朱音はぐったりと椅子に座り込んだ。

「ど、どういうことなの？　あの人誰なの……？」

どさり、と隣にタイチが座った。その厚みのある質感にぎょっとして顔をあげると、そこにはたくましく成長したタイチの姿があった。

「ちょっと……いくらなんでも変わり過ぎじゃない？」

さっきまで痩せて背ばかり高かった子供が、急に大人のからだになり、太い腕の高校生くらいになっている。小学生では濃すぎた眉も、男らしく角張った顔にはよく似合っていた。

「ありがとう、アカネ」

落ち着いた声。ぽかん、とタイチの顔を見ていた朱音は、その声に我に返った。

やだ、見とれてたんじゃないわよ、なによ、赤ん坊だったくせに、なんでこんなにかっこよくなってんのよ！

朱音はぱっと顔をそむけ、両手で頰を押さえた。赤くなっているような気がしたのだ。

バスは先ほど乗ってきたバスの逆方向を走っているようだった。このまま乗っていけば、最初に寄ったコンビニのある大通りに出られるだろう。

「アカネ、公園に戻ろう」

タイチがぽつりとそう言った。

朱音はバスの中で、タイチの横顔を見つめた。ゆっくりと落ちてゆく日が輪郭をオレンジ色に染めている。

彼は今は窓から外は見ていない。見つめているのはガラスに映った自分の顔――ではなく、その目はそれを通り越してもっと遠くを見ているようだ。

その表情にはさっきのような切ない色はない。どこかさばさばとした、吹っ切れたような明るさがあった。

なのに。

朱音はだんだん不安になってきた。

このままタイチから幸せだという言葉をもらって、それで本当にいいのかな？

やっぱりさっきの伝言をあの女性に伝えたのは間違いだったのではないか。タイチの言うままバスに乗り、遠くまで行ったことは正しかったのだろうか。

タイチはなぜあれ以来なにもしゃべらないのだろう。彼は今なにを考えているのだろう。

バスを降りて公園までの道を歩いている間も、タイチはやはりなにも話さなかった。

今では朱音よりも高くなった身長、大きな歩幅、広い背。

漠然とした不安な思いを抱きながら、朱音はその後ろ姿を追いかける。

白いシャツと灰色のパンツは、今はラフなセーターとデニムになっている。

公園に戻ったとき、タイチはぐるりと辺りを見回した。

「こんなに小さな公園だったんだ」

たしかに小さい。砂場とブランコと滑り台はあるが、大勢の子供が駆け回れるようなスペースはない。住宅街の中によくある狭い公園だった。

朱音は時計を見た。五時まで、あと一時間を切っている。焦りはもちろんあったが、それよりもタイチのことが気になった。

「俺はあそこにいたんだよな」

タイチが指さしたのは色がはげた小さなベンチだった。昼間、そこでタイチを見つけたのだ。そこに近づいていくタイチの腕を、朱音は思わず引っ張った。

「ね、ねえ。待ってタイチ」

「どうしたの？　アカネ」

振り向いたタイチの顔はもう大人のものだ。朱音と同じか、少し下くらいの。

「あの、ね、タイチ。あなたってなんなの？」

「俺がなにかって？　今さらだなあ、アカネ」

タイチは笑った。たしかに今さらの質問だと朱音も思う。

「俺はタイチだよ。アカネのおかげでずっとやりたいと思っていたことができた。走ったり笑ったり泣いたり怒られたり。歌も歌った、バスにも乗れた、坂道を走った。——会いたい人に会って、伝えたい言葉も伝えてもらえた」

最後の言葉を、タイチは静かに言った。

「会いたい人って……あの人？」

「うん。あの人は俺のせいでずっと悲しんでいた。だから伝えたかったんだ」

「〝あなたのせいじゃない〟……って？」

「うん」

どこからか吹いてくる風が朱音の髪を揺らした。

「ありがとう、アカネ。アカネが俺を見つけてくれたから、俺の願いは全部かなった」

「タイチ……」

風がまた前髪をひるがえす。

そのとき朱音は気づいた。風はタイチの方から吹いてくる。タイチのからだを通過して。

「タイチ、ねえ、あなた……」

「アカネ、ありがとう。俺、……」

「待って、タイチ。あんたなんか透けてるよ……」

タイチの姿の向こうに公園のベンチが見る。笑顔に夕焼け空が透けている。

「俺、幸せだよ、アカネ。ありがとう」

「タイチ、待って！」

その瞬間、朱音の左手の指輪が虹色に光り、その美しい光はたちまち朱音と、その周囲の光景を飲み込んでいった。


「おかえりなさい」

まぶしくて覆っていた手を目から離すと、白いもやの世界だった。目の前にアガタとイルマが立っている。

「あたし……」

「おめでとうございます、梨本朱音さん。さすが厳しい就職活動を突破し、内定を勝ち獲られただけのことはありますね」

イルマがパチパチと小さく拍手をする。アガタもうんうんとうなずき、心なしか目が潤んでいるように見える。

「あたし、」

「試練はクリアしたぜ。おまえは無事、これから先も生きられるんだ」

アガタも右手の親指を立ててみせた。

「あ、あたしのことはどうでもいいのよ。タイチは？　タイチはどうなったの？　なんでタイチ透けていっちゃったの？　どこへ行ったの？」

「あなたが気にすることではありませ……」

「気にするわよ！」

朱音はイルマに再び摑みかかった。スーツの襟を持ち、ぐいぐい交差させる。

「どういうことかちゃんと説明してよ！　でないと投げ飛ばすわよ！」

「おい、ちょっと落ち着けよ」

アガタがあわてて朱音の背後に回ってイルマから腕を引きはがした。イルマはヒイヒイ言いながら、もやの中にしゃがみ込む。

「わかったよ。全部は説明できないが、要点だけ教えよう」

アガタがもやを払う仕草をすると、そこにぽっかり穴が開いて、あの公園が見えた。

「二十年前、あの公園のあのベンチから落ちて、赤ん坊だったタイチは死んだんだ」

「え……？」

「母親がタイチをあのベンチに寝かせて、ほんの少し離れたときに、寝返りを打った赤ん坊が運悪く落ちてしまって……」

「そ、そんな」

「彼はそれからずっとあそこにいたんだよ」

「じゃあ……」

朱音は膝の力が抜ける思いだった。

「じゃあタイチは幽霊だったの？　それでもういないの？　消えちゃったの？　あたしのために幸せだと言って消えてしまったの？」

今にもその場に崩れそうな朱音をアガタが両手で抱きかかえる。

「朱音……」

「そんなのって……そんなのひどい。たった一日で大人になって、それで終わりなの？」

タイチの言っていた言葉を思い出す。

『走ったり笑ったり泣いたり怒られたり。歌も歌った、バスにも乗れた、坂道を走った。

――会いたい人に会って、伝えたい言葉も伝えてもらえた』

最後にタイチは大切な言葉を告げるように言った。

「タイチは……タイチはお母さんに伝えたかったんだ。自分の死がお母さんのせいじゃないって」

赤ん坊がベンチから落ちて死んで、母親はどれだけ自分を責めただろう、どれほど悔やんだだろう。

タイチはその悲しみをなんとかしたかったのかもしれない。そのやり方が正しかったかどうかはわからないけれど、タイチは懸命に考えたのだろう。

だから、〝あなたのせいじゃない〟とあたしに伝えるように頼んだのだ。

「バカじゃないの、自分で言えばよかったじゃない。大きくなった姿をお母さんに見せてあげればよかったのに」

「泣き顔を見せたくなかったんだろ。男はガキだって見栄っ張りなんだ」

自分のスーツの襟を握りしめる朱音に、アガタが優しく言った。

「やっぱりバカよ……赤ん坊のくせに、大人ぶって」

朱音の目に涙がにじむ。

――赤ん坊のままで死んだタイチは、バスやトラックの運転手になりたかったのだ。大人になりたかったのだ。

『アカネはいくらだって仕事ができるし、アカネにしかできないことだってあるよ――』

タイチはどんな思いであんなことを言ったのだろう。自分には成し得ない、社会人としての仕事。タイチはどんなに大人になりたかっただろう……。

「あ、あたしなんかより、ずっと大人になりたかったのに。あたしのためにタイチ、消えちゃった……っ」

自分の胸の中で泣きだす朱音の背を、アガタがぽんぽんと叩いた。

「泣くな、朱音。タイチは消えたわけじゃない」

「え……」

アガタはイルマにうなずいてみせた。

イルマがもやをくるくると回すと、そこが丸く広がった。その空間に白く輝く記号のようなものが浮きあがる。イルマは顔を近づけ視線を動かした。

「確認しました。タイチくんはつい先ほど成仏したようです。このあと、輪廻の輪に乗って、もう一度人間として生まれます」

「え……」

「今までずっとあの公園のベンチから離れられなかった彼を、あなたが見つけ、望みをかなえてあげたおかげで、彼は新しい人生へと歩みはじめたんですよ」

「ほ、ほんと?」

「本当ですよ」

「ほんとうだよ」

イルマとアガタが同時に言う。朱音は涙で重い睫毛を瞬かせた。そのとき、自分が今までアガタのスーツの襟を握りしめていたことに気づき、あわてて離れた。

「ご、ごめんなさい。スーツ汚しちゃった？」

「大丈夫だ」

アガタは笑って朱音の涙の染みた襟元を押さえる。

「タイチはいつかこの世に戻ってくるのね？」

「ええ、いつか」

イルマが答える。

「大人になることができるのね？」

「きっと、な」

アガタが微笑む。

はあっと朱音は長い溜め息をついた。

「だったら……だったらよかった。本当によかった……」

「朱音、おまえは優しい子だな」

アガタにそう言われ、朱音は少し照れた。

「そんなの……袖振り合うも他生の縁っていうじゃない、一緒にいたら情だって移るよ」

「他生の縁……か、たしかにな」

アガタは笑っているのに、どこか寂しそうに言った。

「さあ、梨本朱音。今度はおまえの番だ。おまえが勝ち取った生へ戻るんだ」

目の前のもやが濃くなる。二人の男の姿が薄くなっていった。なんだか頭もぼんやりする。

「——就職おめでとう。美和子《みわこ》を頼んだぞ……」

最後にそんな言葉を聞いた。美和子……美和子って……あたしの……。

ふわり、とからだが浮いた気がして、朱音はその感覚に身を委ねた。


「重い！」

ものすごく近くで怒鳴られ、朱音はびっくりして目を開けた。

視界にはビルに囲まれた青い空。

「重いって言ってんだろ、はやくどけ！」

声は下からしているようだ。朱音が首をひねると唇が触れ合いそうな距離に男の顔があった。

「きゃあっ」

思わず跳ね起きる。そして自分がコンクリートの上に倒れ込んでいたことに気づいた。

「え、あたし……」

すぐそばに歩道橋があった。

……思い出した！　あたし歩道橋から落ちたんだ！

振り返って自分を怒鳴った男を見る。男はよろよろと地面から立ちあがるところだった。

「ああ、びっくりした。いきなり上から女が転げ落ちてくるんだもんな」

「えっと……」

状況からすると、落ちてきた朱音をこの男が受け止めてくれたようだ。

っていうかあたし、下敷きにした？

「あ、あの、あなた……あたしは……」

「大丈夫か？　どこか打ったのか？」

見知らぬ男は少し心配げに朱音の顔を見た。

「ああ、でこ、擦りむいてるな。痛むか？」

「え？」

朱音は額に手をやった。とたんにずきりと痛みが走る。

「いたたっ」

「ばか。触るな」

男は朱音の手を取るとその傷を見た。

「擦り傷だな。ちょっと待ってろ」

そう言うと自分の鞄を開けて中から絆創膏を取りだす。

「あ、あたしも……」

持っている、と言おうとしたが、男は手早く絆創膏のシールを剝がすと、それを朱音の額に貼った。

「ほら、これでよし。ちちんぷい」

「へ……？」

見返すと男は怒ったような顔をした。

「なんだよ、悪いかよ。おまじないだよ」

「そうじゃなくて、今の」

——あたしも。あたしが言った。あの子に。

「タイチ……？」

男はもう立ちあがっていた。

「いっけね、入社式に遅れちまう」

「入社式？」

繰り返して、朱音も思い出した。

「あ、あたしも入社式！」

「なんだよ、お仲間かよ」

ほれ、と男が手を差しだした。朱音はその手に摑まった。

「あ、ありがとう」

改めて男を見る。角張った顔に太い眉、広い肩幅、高い背。

「あれ？　ねえ、どこかで……会った？」

「え？　いや、俺は知んねえよ。とにかく急ごうぜ。あんたの会社もこのへんか？」

「う、うん。醍醐《だいご》食品」

「マジか、同じだ」

「ええっ？」

男がぐいっと手を引っ張った。

「じゃ、行くぜ」

「え？　ちょ、待って！」

男に手を引かれて朱音は走りだした。

名前を知っている気がする。そうだ、さっき呼んだじゃない、あの名前。名前、なんだっけ、なんて呼んだっけ……？

「ね、ねえ、名前、あんたの名前は？」

「俺？」

男は振り向いて笑った。

「俺は桝田《ますだ》康祐《こうすけ》、あんたは？」

マスダコースケ？　知らない、それは新しい名前だ。

「あたしは、朱音。梨本朱音！」

桝田康祐に手を引かれ、朱音は走った。新しく回りはじめた時間の中を。

アガタとイルマ

「いや、今回はアクロバティックな感じでしたね」

イルマははしゃいでアガタに話しかけた。今回のようにターゲットが実は生きていない、という例は、マニュアルにも取りあげられていないし、うまく輪廻の輪に乗せられるかどうかもわからない、綱渡りのような案件だった。

「梨本朱音さんがタイチくんを見つけて彼の望みを叶え、タイチくんが成仏して輪廻の輪に乗って新しく生まれないと、梨本朱音さんを受け止めることはできなかった。梨本朱音さんは文字通り、自分の生を自分で摑み取ったんですね」

「そうだな」

アガタは短く答えると、椅子に座り込んだ。なんだか疲れた様子に見える。どことなく元気がないというか、なんだか悲しそうな……？　いつものアガタに戻ってもらいたくて、イルマはかける言葉を探した。

「ええっと、アガタ先輩……、その、どうしてあんなこと言ったんです？」

「あんなこと？」

アガタは目をあげてイルマを見た。疲れたような表情は変わらない。

「美和子を頼む、なんて。美和子って名前はたしか……」

「イルマ、おまえ、試練の〝よみがえりのルール〟については知ってるよな」

アガタがイルマの言葉を遮るように言った。

「え？　なんです、いきなり」

「言ってみろ」

イルマは首を傾げながらも、手のひらを広げて答えた。一本一本、指を折りながら。

「ひとつ、幸せにする相手は指輪が光って教える」

「うん」

「ひとつ、幸せにする相手は物理的に近くにいる」

「うん」

「ひとつ、幸せにする方法は試練を受ける者が考える。死整庁のサポートは可能だが、あくまで偶然を装える範囲内のものとする」

「ああ」

「ひとつ、時間を跨ぐ対処法は、一案件一回とする。ただし、物理的に近い距離に幸せにする相手がいない場合のみ――」

「………………」

アガタは椅子から立ちあがるとイルマのそばに行き、その頭をくしゃくしゃと撫でた。

「わ、なんですか、アガタさん」

子供にするようなことをされ、イルマは両手を振り回した。

「おまえは、いい担い手になるよ、俺がいなくてもな」

「えっ？」

――今なにか変なこと言ったぞ、この人。

イルマはアガタの顔を見あげる。

「俺はもうアウトだ。今回大幅なルール違反をやっちまったからな」

アガタはイルマの頭から手を離すと、その手で自分の頬をかいた。

「ルール違反？　な、なんですかそれ」

「時間の扱いに関してだ。一案件一回のはずが、俺はタイチを成長させるため、何度も飛ばしてしまったんだ」

「あ、あれ？」

イルマはあわててバインダーをめくる。そんなばかなという思いがあった。

「え？　だって、それってタイチくんの願いを叶えるために必用で……アガタさんに確認したときも、大丈夫だって言ってたじゃないですか」

アガタはニヤリと笑うとパンッと両手を合わせて顔の前に立てた。

「すまん、それ、嘘だ」

「えええ――っ！」

バインダーを取り落としてイルマは顔を押さえた。仕事で「嘘」なんて言葉が出てくるなんて信じられない。

アガタはそんなイルマに肩をすくめてみせた。

「俺はタイチを——つまり、朱音を助けるために大幅なルール違反をしたってことだ」

「ど、どうしてそんなことを……」

「うん、それはな」

アガタはふざけたような表情を消して、どこか申し訳なさそうに言った。

「俺が朱音の——親父だからだよ」

「ええっ」

アガタは自分のスーツの襟を片手でそっと押さえる。梨本朱音の涙のしみこんだ襟を。

「——俺は、人間だったんだ。今まで忘れていたけど、朱音のデータを見たとき、全部思い出した。俺は朱音が生まれる前に、——こっちに来たんだ」

イルマは笑おうとして失敗した。

「そ、そんなことあるわけないじゃないですか。僕たちは『上』の意志で生まれて死整庁の担い手になるために育って——人間とは違いますよ、僕たちは……」

「朱音の父親は交通事故で死亡、ここにそう書いてある」

アガタは腰を屈め、イルマが落としたバインダーを拾った。

「死因は母親の美和子を庇ったためだ。あの日な、」

アガタはパラリとバインダーを開いた。日付を確認する彼の視線は穏やかだった。

「俺は飲食店チェーンの本部で働いてたんだ。そこで仕入れ業務をしててな……正月前だったかな、とにかくすっげー忙しくなって、あんまり家にも帰れなくなってたんだ。美和子は臨月で、予定日だけはついていてやりたかったから、その分、前倒しで仕事してて」

アガタが見ているのは朱音の両親についての記載だろうか。

「あの日は、明け方の三時に帰ってまた六時に出かけるってブラックなシフトで、でも今だけだからって家を飛びだしたら腹の大きい美和子が追いかけてきて……漫画みたいだけど弁当片手にさ」

ふふっとアガタは顔を上に向けて笑った。彼の目にはきっとそのときの映像が浮かんでいる。

「そこに車が突っ込んできた。よく覚えてる。スローモーションみたいだった。俺は美和子のからだにダイブした。あいつの手から弁当が飛んだのが見えて、その蓋が開いて、あ、弁当の中身、ハンバーグだって思ったのが最期だったな。それで気がついたらここにいた」

アガタは片手でふわりともやをかきまぜた。自分の手にまとわりつく、薄いそれをどこかぼんやりした顔で見つめる。

「アガタさんは……よみがえらなかったんですか？」

イルマは震える声で言った。

「ああ、俺は対象者じゃなかったらしいな」

アガタはバインダーをテーブルに置くと、自分の頭を人差し指でつついた。

「そのあとの俺には人間だったときの記憶はなくて、死整庁の担い手という意識だけがあった。それからずっとここで人のよみがえりの手伝いをしているうちに、なんか、俺はほかの担い手たちと違うなあと思いはじめたんだ」

たしかに違う、とイルマは思う。言動も表情も考え方も。

イルマが死整庁職員として目覚めてから、出会った仲間はそう多くはなかったが、誰もが、穏やかで優しく、正しいことしかしない、言わないものがほとんどだった。

だからアガタのように軽口を叩いたり、乱暴な言葉遣いをするものは、かなり長い間担い手として人に接してきたのだろうと思っていた。

人と関われば関わるほど、無垢な魂は影響され、個性が出てくるのだと、最初に教えられたからだ。

「ほかの担い手たちはよみがえった人間の行く末を考えもしないし、『上』の存在を思いめぐらすこともない。自分の仕事の価値も、理由も問わない。俺はだんだん苛々してきた。自分がここで仕事のできる担い手になったら、もっと『上』に近づけるんじゃないかとやみくもに働きだした。『上』の意志を、全体像を知りたいと思ったんだ」

アガタが優秀な担い手だったのは本人の努力の結果だ。その言葉を聞いてイルマは思った。一緒に仕事をしてきて、アガタが反則すれすれの技や、ルール違反に近い方法をとっていたのも、がむしゃらに『上』を目指していたからだ。

「最近、ずっとおかしな記憶に悩まされてたんだ。しかも無理に思い出そうとすると頭痛が起こってな。けど、理由がわかった。俺は人間だったから、学校の記憶や犬が飼いたいって思いがあったんだ」

イルマは今までのアガタの言葉を思い出していた。たしかにアガタはときおり、妙なことを言っていた。

「それでデータを見て、全部思い出した、思い出すことができた。大人になった朱音を見て、あいつの体温を感じることもできた。俺は幸せものだよ」

アガタは肩から重い荷をおろした人間のように、安堵した口調で言った。その表情は晴れ晴れとしていて、イルマは逆に悲しくなった。

アガタさんはどこかへ行ってしまう。唐突にそう思ったからだ。

「イルマ」

アガタが促す。彼が見つめるもやの向こうに人影が見えてきた。滑るように近づいてくるその姿は、背中に大きな翼を持っている。

「イルマくん、アガタくん」

白い衣の男性が二人の前に立っていた。

「司長さま」

イルマがあわてて頭をさげる。なぜ、このタイミングで司長がここへ来るのか。嫌な予感がイルマの頭の中をよぎった。

司長の姿は以前来たときとまったく違っていた。背から大きな翼を生やし、身につけているのはゆったりとしたローブ状の服だ。風をはらむたもと、流れるドレープ。

布は月のような光を放ち、裾は青く輝いている。豪華な刺繍の入った飾り布を肩からさげ、腰にも金糸で織った布を巻いている。しかし、首から上はオールバックに眼鏡で、なんだかちぐはぐだった。

これは死整庁司長の正装だ。イルマがここに配属されたときも、この姿でやってきた。

「気合入ってますね、司長」

「重大な決定のときは正装と決まっている」

茶化すように言うアガタに、司長は表情もなく答えた。

「残念だよ、アガタくん。君はとても優秀な担い手だったのに、こんな初歩的なルール違反を犯すなんて」

「すみません、司長」

「このままここで働き続ければ、そのうち『上』に行けたのに」

アガタは口元にゆるく笑みを浮かべ、首を振った。

「俺は、娘になにもしてやれませんでしたから。父親として、最後にあの子を助けることができたんです、後悔はしてません」

「ア、アガタさん」

アガタはイルマを振り向くと、笑って手をあげた。

「さよならだ、イルマ。おまえと組んだの、結構楽しかったぜ」

「アガタさん、」

さよなら？　さよならってどういうこと？　今まで対象者を見送ったように、アガタと別れるということなのか。

「どうしてさっき朱音さんに自分が父親だって――」

「お父さん、なんて言われたら泣いちまうだろ、そんな顔見せられるか」

アガタはぐすり、と鼻をすすりあげた。指で鼻の下を擦り、照れくさそうに笑う。

「言ったろ、男は見栄っ張りだって」

「アガタさん……先輩……」

「あとは任せた」

イルマが手を伸ばすのと、司長が手を伸ばすのが同時だった。司長の手のひらが白く輝く。その光はたちまちアガタの全身を包み込んだ。

イルマはアガタが光の中で微笑んだのを見た。あばよ、と手を振るのを見た。

その残像は、光が薄れて消えてからも、イルマの目の中に残っていた。

「ああ……」

イルマはがくりともやの中に膝をついた。大切なものを失った空虚な思いが胸を突き抜ける。

「どうした、イルマくん。ショックなのか？」

司長がイルマを振り向いた。

「それは……そうですよ……アガタさんが消えてしまって」

「君もアガタくんに影響を受けてずいぶん人間くさくなったな」

「……僕が、ですか？」

イルマは司長を下から見あげた。

「アガタくんが人間だったとは気づかなかったのか？」

「それは……ちょくちょく変なことを言ってるなあとは思ってたんですが。まさか人間が死整庁にいるなんて思わなくて」

イルマはまだショックから立ち直れず、ぺたんともやの中に座り込んだままだ。

「実は死整庁にはときどき人間が配属されることがあるのだ」

「ほ、ほんとですか？」

司長は翼を軽く動かした。

「他人のために我が身を犠牲にして死んだ人間……そういう人間が選ばれるらしい」

他人のために。

アガタは身重の妻を自分の命を顧みず、助けた。アガタにとって、彼女とお腹の中の子供は、自分よりも大切な存在だったのか。迷うことなく、命を投げだすほどに。

「死整庁の担い手は基本、穏やかでルールに従順だ。それは時として機械的に作業を進める原因になってしまう。アガタくんのように自分でいろいろと考える担い手がいると、よい刺激になると『上』はお考えなのかもしれない」

「アガタさんは、ペナルティで消されてしまったんですか？　先輩はもう……？」

イルマはアガタが消えた辺りを見つめた。

——先輩はもうどこにも存在していないのだろうか？

からだの中に風が吹き抜けるような気がする。アガタの笑顔や乱暴なもの言いが懐かしく、寂しい。

あんな担い手にはたしかに今まで会ったことがなかった。死整庁の担い手として生まれ、研修中も周りはみんな穏やかで優しく、嘘も無茶もない環境だった。そんな中で、アガタはまるで大きな風のように、イルマの心をかき回していった。

目の奥が熱くなり、雫が頰に零れた。

「本当に人間のようになったね、イルマくん。それほど感情を動かされるとは」

「はい……。自分でも驚いています」

イルマは涙をぬぐって答えた。そんな彼を見ていた司長は、小さく息をつくと、

「これは……言わなくてもいいことなんだが、まあ独り言だ」

イルマは司長の顔を見た。表情は変わらないが、声音は少し優しい気がする。

「アガタくんは死整庁の担い手として重大なルール違反をした。だから罰として『上』には行かず、——もう一度、人間として経験を積むために、輪廻の輪に乗ったんだ」

「輪廻……？」

では、もしかしたらまた、いつの日か、会えるかもしれない……。

そのときには彼は自分のことを忘れているだろう。それでも……それはイルマにとって希望だった。

「これから新しい担い手を連れてくる。イルマくん、次は君が先輩となり、よく指導してくれたまえ。……できるかね？」

「は――はい」

イルマは立ちあがり司長の目をまっすぐ見つめた。

「今までアガタさんに教えてもらいましたから」

「ルール違反まで学ぶ必要はないぞ」

司長はそこで少しだけ笑みを見せた。イルマも微笑んでうなずく。

司長の姿が消えたあと、イルマは右手の拳を左の手のひらに打ちつけた。

「さあ、ちゃっちゃと……働くぞ、――ねえ、アガタ先輩」

本書は、二〇一七年九月にパブリッシングリンクより刊行された電子書籍『明日の君に逢いにゆく～天国のひとつまえ～』を改題、大幅に加筆修正し文庫化したものです。

本書はフィクションであり、実在の人物および団体とは関係がありません。